小説

のだめカンタービレ

Nodame Cantabile

novel from the TV drama

高里椎奈

原作 二ノ宮知子

脚本 衛藤 凛

KV-373-999

小説
のだめカンタービレ
Nodame Cantabile
novel from the TV drama

小説 のだめカンタービレ

Nodame Cantabile

novel from the TV drama

目次

［ブックデザイン］ 坂野公一（welle design）
［写真］ ©フジテレビ

親愛なるヴィエラ先生……
何故《なぜ》、僕はここにいなければならないのでしょうか。

第1章

I

桃ヶ丘音楽大学。

音楽家を志す若者が集《つど》う希望に満ちた学び舎《や》には、今日も様々な音が溢《あふ》れている。

同ピアノ科四年在学、千秋真一《ちあきしんいち》は風を切るように颯爽《さっそう》と構内を歩いた。

道端《みちばた》でトランペットを吹く学生。

（へたくそ）

中庭に腰かけオーボエをくわえる学生。

（どへたくそ）

数歩も行かぬ内に、お次は発声練習に喉《のど》をならす学生だ。

（みーんなへたくそ！）

音というのも厚かましい、雑音に等しい喧噪《けんそう》の中を横切る千秋の足は、一歩ごとに荒々しさを増して地面を踏みつけた。

これからハリセン——もとい、江藤《えとう》先生のレッスンがあるというのに、何もかもが自分を苛立《いらだ》たせる。否《いな》、そのレッスン自体が苛立ちの原因の一つだ。

だが次の瞬間、千秋は更に信じ難《がた》いものを見てしまった。

構内掲示板に貼《は》られた一枚の学内報、桃ヶ丘タイムズ。一際目《ひときわ》を引く見出しには、『ドイツ留学者決定。本学の指揮科学生、世界を舞台に指揮を学ぶ』とある。

記事の隣には、胸もシャツも頬《ほお》もパンパンに張った学生の写真が、誇らしげな笑顔でこちらを見ていた。


(何であんなハムの原材料みたいな奴《やつ》が留学？)

思い出すだけで腹が立つ。

ベートーヴェン、ピアノ・ソナタ〈月光〉第三楽章。

完璧に調律されたレッスン室のピアノの鍵盤《けんばん》を、曲を記憶した指が感情を乗せて駆け回った。手が徐々に速度を増し、タッチが荒くなるが止められない。まるで彼自身の内側に募《つの》る苛立ちのようだ。

(俺は……俺はこんなところで何をやってるんだ、くそっ)

「なーにやっとんじゃ、ゴルァ！」

いきなり、右側面からハリセンが炸裂《さくれつ》。千秋は楽譜もろとも、弾《はじ》き飛ばされた。

「勝手に盛り上がって勝手に終わらせるな！　やる気あんのか、ボケーッ！」

ピアノ科講師、江藤耕造《こうぞう》四十歳。千秋の心のあだ名、ハリセン。

彼の暑苦しい指導と鬱陶《うっとう》しいハリセンはいつもの事だ。学生の間では、優秀な生徒しか教えない先生などと噂《うわさ》されている。

「十二月のマラドーナ・ピアノコンクール、お前を推薦した俺の顔に泥を塗るつもりじゃないやろな。曲かてお前の好きなベートーヴェン……何やコレ」

江藤は千秋の手許《てもと》をのぞき込んで、徐《おもむろ》に一番上の楽譜を手に取った。

「総譜《スコア》？　何でピアノ科のお前が指揮者用の楽譜なんか持っとんのや。ハハ、御丁寧《ごていねい》にチェックまで入れて、お前、指揮者にでもなるつもりか？」

「………」

千秋が黙って乱れた襟元《えりもと》を正すと、江藤はムッとして楽譜を叩き付けた。

「ふざけんなっ。ピアノもロクに弾《ひ》けんクセにアホな事――」

「うっせーな、ジジイ」

「！」

「ギャーギャービービー借金の取り立てみたいなレッスンしやがって。何がエリート専門『江藤塾』だ。馬鹿の一つ覚えみたいにフォルテ！　フォルテ！　コンフォーコ！　てめえの生徒はみんな同じ弾き方すんだよ、気持ち悪《わ》りィ。俺の才能に目をつけたんなら余計《よけい》な事教えんな！」

千秋は鍵盤を叩いていた勢いそのままにノーブレスで言いきった。

江藤が右の目尻を僅《わず》かに引き攣《つ》らせる。

「言いたい事はそれだけ――」

「まだ言ってもいいのか」

「いや……もうええ、分かった」

江藤は、千秋と、自分自身を落ち着かせるようにまぶたを閉じる。それからゆっくり目を開けると、トレードマークのハリセンを肩に担《かつ》いだ。

「もう俺のレッスンには来《こ》んでええ。コンクールにも他の生徒に出てもらう。お前はあかん。俺の見込み違いやった」

そう言うと、江藤は完全に千秋に背を向けて、レッスン室を後にする。ドアの閉《し》まり際《ぎわ》にハリセンが柱を叩いて、後には耳が痛くなるほどの静寂が取り残された。

（……そうだよ）

千秋は自分の苛立ちの原因を知っている。

（俺は、指揮者になりたいんだ）

II

ブルタバ川の雄大な流れ、時の鐘を響かせる重厚な建造物と、白壁と煉瓦《れんが》色の屋根が建つ街並みが美しいプラハ。

時は一九九六年。千秋はドボルザークホールで運命の出会いをした。

有名ピアニストを父に持ち、音楽一家に育った彼は、小さい頃から世界中の舞台を観て来た。ウィーン、ベルリン、プラハ、ヨーロッパの荘厳《そうごん》なオーケストラ。

そして、セバスチャーノ・ヴィエラの指揮。

千秋はすぐに彼の音楽に夢中になった。感動のあまり涙が溢れて、だがそれを拭《ぬぐ》う事もできないほど心を奪われた。

父の顔を使っては劇場にもぐり込み——正確には、堂々と関係者入り口から入ってみたが、目的地に達する前に呆気《あっけ》なく警備員に捕まってしまった。

「離せーっ、俺さまに触るなァ！」

まだ半ズボンの似合う少年時代だ。大人二人に腕を摑《つか》まれては、太刀《たち》打《う》ちできない。それでも千秋は懸命にもがき、ポケットから玩具《おもちゃ》が落ちるまで足を振り上げ警備員の腕から逃れるや否や、一目散《いちもくさん》に逃げ出した。

そこに、彼はいた。

千秋が落とした玩具を拾い上げて、見開いた目を輝かせている。

「タマゴッチ！」

あの、セバスチャーノ・ヴィエラだった。

「……マエストロ？」

「君のかい？」

「は、はい」

「やって見せてくれ」

ヴィエラ先生は子供のようにはしゃいだ。髪は白く千秋の父より年輩で、何よりオーケストフであんなに素晴らしい音を奏《かな》で上《あ》げた偉大な指揮者が、手の平より小さな玩具に夢中になるとは。千秋にとっては新たな驚きであり、何だか嬉《うれ》しくもあった。

それがきっかけでヴィエラ先生に気に入られ、まだ子供の千秋にも先生は色々な事を教えてくれた。彼に学ぶ音楽は、千秋の中で宝石のように輝いた。

「とってもいいね。でも、もう少し速く弾いてみよう」

「はい」

「ところで、知ってるか？　モーツァルトはスカトロ話が好きだったんだぞ」

「スカトロ？」

「そう、スカトロだ」

本当に色々な事を教えてくれたものだ。

だから、父と離婚した母に連れられて、日本に帰る事になった時の悲しみは、言うまでもなく身を裂くような思いだった。

「大きくなったら絶対に戻って来るから。だから、僕を先生の弟子にして！」

「ああ。いつでも待ってるよ。僕たちはずっと音楽でつながってる。君はもう私の弟子だ」

「マエストロ！」

小さな彼を抱き上げてくれたヴィエラ先生の力強い腕と、晴れ渡るプラハの青い空は今でも忘れない。

青い空、あの衝撃、忘れたくても——

III

足が重い。疲れた身体が歩を拒み、ただ惰性で帰り道を辿《たど》っている。陽《ひ》が傾いて、いくらか落ち着いた構内にピアノの音が聞こえて来る。

「ベートーヴェン、ピアノ・ソナタ〈悲愴〉」

今の自分にはお誂《あつら》え向きだ。千秋は聞くともなしに耳を傾けた。

ミス。音が遅れる。今度は多い。

「……すっげーデタラメ。これじゃ〈悲惨〉だ」

思わず失笑が零《こぼ》れた。が——、千秋は足を止めて振り返った。

（違う。デタラメだけど間違ってるんじゃない！）

千秋は校舎内へ戻り、音が聞こえる方へと階段を駆け上がった。

ピアノは独特なベートーヴェンを奏で続ける。

（すごい、なんだこれ。一体誰が……）

階段を上りきり、廊下を探して、遂《つい》にその扉を見つけた。

部屋いっぱいに溢れる光。傾く夕陽にグランドピアノが照らされている。その幻想的な淡い橙《だいだい》色の中で、鍵盤を叩く後ろ姿、大きな手、口許《くちもと》はまるで口笛を吹くかのように唇《くちびる》を尖《とが》らせている。

歌うような旋律が夕焼けに映《は》える。動けない。

千秋は吸い込まれるようにドアノブに手をかけた。

「真一！」

腕を摑まれて、千秋はハッと我に返った。

いつ近づいて来たのか、綺麗《きれい》な女子学生がいた。声楽科四年、多賀谷《たがや》彩子《さいこ》である。

彼女はその整った顔を険しくして、千秋を睨《ね》め上げた。

「江藤先生のところ、クビになったって本当？」

「彩子……」

現実に引き戻された気がした。


薄暗い間接照明と水槽の青い光が心地よいバーのカウンターで、バーテンダーが二人の傍《そば》から離れるなり、彩子は不機嫌に声を怒らせた。

「江藤先生に謝って、許してもらいなさいよ」

「……なんで？」

千秋が聞き返すと、彩子の方が意味が分からないという顔をする。

「なんでって、あの先生は厳しいけどうちの大学じゃ一番有能で有名な先生なのよ？真一、院に進むつもりなんでしょ？　せっかく目をかけてもらってたのに！」

「いいよ、院とかもう。俺は別にピアニストになりたいわけじゃないし」

「だったら最初から指揮科に行けば良かったじゃない」

「いきなり指揮科に行ったところで、音大じゃ実際に指揮するチャンスなんて滅多《めった》にないよ。指揮の勉強ならちゃんと自分でやってるし。それに、俺の先生はヴィエラ先生だけだから、他の人に余計な事は教わりたくない」

彩子に何を言われようと、これは千秋の本心だ。

「……だったらさっさと留学すればいいのに」

「！」

溜息《ためいき》まじりの彩子の言葉に、千秋のグラスを持つ手が凍り付いた。

「バッカじゃない？　飛行機が怖くて乗れないなんて。たった一度、胴体着陸経験したからって何よ！」

脳裏に甦《よみがえ》る、忘れられない、青い空、あの衝撃。揺れる機内で我が身すらままならない極限の恐怖。

「おまけに海で溺《おぼ》れたトラウマで船にも乗れない？」

彩子の言葉が更なる絶望の記憶を抉《えぐ》り出す。迫り来る暗い水、沈み行く重い身体。

千秋は震える手足を抑えられず、力尽くで大声を吐き出した。

「簡単に言うな！　体験してないお前に何がわかる！」

震えの止まらない手でワインを一気に煽《あお》る。グラスを置く手はまだ怯《おび》えている。

彩子の嘆息が情けなさを自覚させた。

「……俺、もう音楽やめようかな」

「え？」

「いくら日本で頑張《がんば》って、プロの指揮者になったところで、ヨーロッパで演奏できなきゃ意味ないし。お前ンちの会社、多賀谷楽器の社員にでもしてもらおうかな」

これも、紛《まぎ》れもない千秋の本心だ。

彩子の呆《あき》れた瞳《ひとみ》が千秋を睨《にら》む。千秋は席を立つ彼女の手首を摑んで引き止めた。

「帰るなよ、今日……」

「やめてよ！」

彩子は千秋の手を振り払い、隣の椅子《いす》に倒れ込んだ千秋を冷たく一瞥《いちべつ》した。

「私たち、もうそういう関係じゃないんだから。それに私、負け犬なんか嫌い。あんたなんか何処《どこ》行ったって一緒よ！」

本心、ではない。

日本から出られない。それが千秋の苛立ちの根源だった。

Ⅳ

草木を揺らす風の音。燦々《さんさん》と暖かな日射しが身体を包んでいる。

（これは、あの時聞いた、ベートーヴェンのピアノ・ソナタ）

柔らかな眠りから目を覚ますと、夢の中のように眩《まぶ》しい日光が千秋を包んでいる。その白い光に照らされて見えて来る景色。

食べ散らかしたカップ麺《めん》、飲みかけのペットボトル、脱ぎ散らかした服、干しっ放しの靴下、漫画に食玩、ゴミ溜《た》めに埋もれるグランドピアノ。

奏でる調子はカプリチオーソ・カンタービレ。気ままに気紛《きまぐ》れに、歌うように。

これは夢の続きだろうか。

「ここは何処？　あれは――」

カタン。身を乗り出そうとした手が、そこにあった空き缶を倒す。瞬間、飲み口から小蠅《こばえ》が溢れ出した。

「ひっ」

夢ではない、現実だ。

部屋に飛《と》び交《か》う小蠅の大軍。驚愕《きょうがく》で硬直した千秋の背で、明るい声がした。

「あ、思い出した！　チアキ先輩」

ピアノ演奏が途切れ、不気味《ぶきみ》な笑顔がニタリと口の端を引き上げる。

誰だ。何者だ。千秋は呆然《ぼうぜん》とするしかない。

「昨日の事、覚えてましゅか～？」

「!!」

千秋は我に返り、身に覚えがない身体を触って確かめた。服は着ている。足許《あしもと》に落ちているのは自分の鞄《かばん》だ。千秋は慌《あわ》ててそれを拾い上げ、床を埋め尽くすゴミをかき分けて部屋から飛び出した。

後ろ手でドアを閉めると、見覚えのある廊下が彼を出迎える。

「ここは、俺のマンション……俺の……」

おそるおそる振り返って目にしたのは、
野田《のだ》☆

千秋
並ぶ二つの表札。

「隣の部屋!?」

信じ難い思いで叫んだ鼻先に埃《ほこり》が舞う。全身が埃塗《ほこりまみ》れではないか。必死で肩の汚れを払い落としたが、腕には蜘蛛《くも》の巣《す》のように糸状に連なった埃が付着している。

千秋はそれを廊下に投げ捨て、自分の部屋のバスルームに直行した。

「何だ。何なんだ、あの女!」

シャツを脱ぎ、不意に思い出した彼女の一言。『チアキ先輩』

「うちの学生?」

続いてズボンを脱ごうとして、ベルトがない事に気が付いた。

過《よぎ》る彼女の言葉。『昨日の事、覚えてましゅか〜?』

千秋は這《は》い上がる悪寒《おかん》から逃れるように、頭からシャワーをかぶった。

「覚えてねーッ！」

水音をかき消して千秋の絶叫が響いた。

V

今日も桃ヶ丘音大は殺人的に明るい。

方々《ほうぼう》で無秩序に鳴らされる音、無遠慮にはしゃぐ声、容赦ない朝の日射し。

「頭いてぇ」

「せんぱーい」

明るい構内で、底抜けに明るい声が脳に突き刺さる。千秋は目許《めもと》を引きつらせた。

前方に見慣れたくない人影がある。カフェオレ色のブーツ、緑のワンピースにローズレッドのカーディガンを着て、肩にはピアノの鍵盤を模様にあしらった黒いトートバッグをかけている。高々と掲げた両手が掴んでいるのは、

「ベルト～、今朝《けさ》うちに忘れて行ったですよー」

「やっぱり。あのゴミの部屋でよく無事だったなァ」

千秋は思わず感心してしまってから、周囲の状況を思い出した。すでに少なくない人数が遠巻きにこちらを窺《うかが》っている。悪目立ちも妙な噂もごめんだ。

「俺のじゃねえけど、そんなベルト」

「先輩のですよ。苦しそうだったから私が外したんで覚えてます」

201
野田

202
千秋

「人違いだ、それは俺じゃない」

「先輩ですよー」

「違うと言ったら違う」

「だって匂《にお》いがおんなじですよ」

いやに自身満々に言って、彼女は千秋の背に鼻を押しつけた。続けてベルトの匂いを嗅《か》ぎ、うっとりと悦《えつ》に入ってベルトに頬擦《ほおず》りをする。ありえない。

「ついて来るなァ！」

千秋は彼女の手からベルトを奪い取り、力いっぱい遠くへ放り投げた。

「あいやー」

葉生《お》い茂る木に引っかかったベルトは、彼女がいくらジャンプしても届かない。

夢の続きなら間違いなく悪夢だ。二度と会いたくない。

千秋は彼女がベルトに気を取られている隙《すき》に、急いでそこから立ち去った。


構内に設置された掲示板では学内報などの他に、休講の知らせとか、教員の変更とか、授業に必要な情報の掲示が行われる。自分に関わる事はそうないと、めったに見ない者もいるが、時に個人を名指しした告知が下《くだ》る事もある。今日のように。

『レッスン担当者変更　下記の学生は本日よりレッスン担当者が変更になります。

ピアノ科四年　千秋真一　担当者　江藤耕造→谷岡肇《たにおかはじめ》』

「谷岡肇……」

千秋は記憶にない名前に首を傾《かし》げた。しかし、まさかハリセンより一方的で高圧的という事はないだろう。

しかし、千秋は谷岡のレッスン室を訪れて、一瞬で石のように固まってしまった。

「ヘイ！　ヘイ！　ブー」

身体をくの字に折り曲げて、奇妙な踊りを披露《ひろう》している。悪夢の彼女だ。

谷岡らしいメガネの講師は大喜びで爆笑している。

「ね、お遊戯《ゆうぎ》にはピッタリでしょ」

「最後がいいね」

二度と会いたくないと思っていたのに、あっさり再会してしまった。

「あ、千秋先輩」

「これはこれは！　どうぞお入り下さい」

「いや僕、部屋間違えたかも……」

そうとしか考えられない。踵《きびす》を返した千秋を、谷岡が手を差し出して引き止めた。

「お待ちしてましたよ、千秋くん。いやあ、生で見るとオーラが違うなあ。コレでもう落ち専なんて言わせないぞ」

「……落ち、専？」

「落ちこぼれ専門教師。ひどい話でしょ、まったく。立ち話も何ですからどうぞ」

谷岡が紳士的にピアノの方へと促《うなが》す。彼が菩薩《ぼさつ》のように穏やかでも、二面性を持つ阿修羅《あしゅら》でも、この際、関係ない。

「この俺が……落ちこぼれ？」

彼女がふやけた笑顔で千秋にベルトを差し出す。

つまり、彼女は落ちこぼれ生徒で、千秋は同類と区分されたわけだ。

やりきれない。千秋は行き場のない拳《こぶし》を固く握りしめた。


「二台ピアノ？」

「うん、やってみない？　彼女、三年の野田恵《めぐみ》くんと千秋くんとで二台ピアノ」

唐突な提案をした谷岡は、平和的に笑っている。

「君たちが知り合いだったとはね、ちょうど良かったよ～」

「ちょっと待って下さい。何で俺がこんなのと一緒にレッスン――」

「のだめ、こっちのピアノにします」

勝手に決めるな。

「やるなら普通、先生とでしょう」

「二人の二台ピアノ、かなり面白いと思うんだよ。野田くん、実はピアノうまいし」

「あんな滅茶苦茶《めちゃくちゃ》な弾き方する奴に合わせられるわけないでしょう」

「またまたァ、君ならできる。何たってこの大学で一番ピアノうまいんだから」

谷岡は真正面から千秋を見て嬉しそうに微笑《ほほえ》んだ。

イチバン、ウマイ。

「できないって言うなら仕方ないけど。後輩指導だと思って、ね」

谷岡に差し出された楽譜を、千秋はつい受け取ってしまった。

「モーツァルトの〈二台のピアノのためのソナタ〉ニ長調」

「うぎっ、知らナイ……」

彼女が潰《つぶ》れた蛙《かえる》みたいな声を出す。

「俺もやった事ない」

「けっこー速い曲で合わせるの大変だと思うけど、まあ、気長に練習してよ」

後輩指導を、この女を相手に、『気長に』。冗談ではない。

「おい、一回読譜したらとっととやるぞ、ゴミ女」

「のだめって呼んでくだサイ」

「テンポはゆっくりでいいから。行くぞ」

千秋は鍵盤にそっと両手を下ろした。彼女――のだめ？ とアイコンタクト、最初は音を短く列ねて休める手はラ、で合うハズが気持ち悪い不協和音。

「たった二小節で間違えるなー！」

「ぴぎゃーっ」

のだめの横《よこ》っ面《つら》に、千秋の投げた楽譜がクリティカルヒットした。

「もう一回行くぞ」

呼吸を合わせてもう一度だ。主旋律が行ったり来たりして少しずつ高音域に至る。しかし、音の数もタイミングもまったく合わない。

「何故……どうしてこんなに滅茶苦茶なんだ？」

対《つい》の楽譜を見ているハズなのに。千秋は演奏を続けながら隣のピアノを見た。のだめは曲に入り込んでいる。上体を僅かに揺らし、目を瞑《つむ》って、

「——って、楽譜見てねーじゃねえか！」

「ぎゃひーっ」

今度は楽譜のバットで、のだめの後頭部にホームランをお見舞いした。

「でもっ、ちゃんと暗譜してマス」

「どこがちゃんとだ。タタタ、タタタが、パパパパパパってどうゆう事だ」

「なんとなくー」

そっと目をそらしてそんな理由。血管が切れそうだ。

「野田くんは耳がいいから。耳で聞いて覚える事が多くて、楽譜見ながら弾く習慣がないんだよね」

「だからデタラメだったのか……」

「おまけに大の練習嫌いだし。まあ、気長に頑張って」

「冗談じゃねえ。こんなレッスン、三日で充分！」

千秋はドッカと椅子に座り、楽譜を譜面台に叩き付けた。

VI

千秋は家に帰るなり、CDを床に投げ付けた。更に楽譜を叩き付けたが苛立ちは一向におさまらない。自分は何をやっているのだろう。日本から出られないのならば、いっそ音楽なんて止めてしまえばいいというのか。

千秋はベランダに出てポケットからタバコを取り出した。

一本くわえて、火を点《つ》けようとした鼻先に、息苦しさが襲いかかる。

「ぼへっ。何だ、この臭いはっ」

千秋は悪臭の出所《でどころ》を辿って、隣家のベランダをのぞいた。

「何じゃこりゃ！」

ゴミの山だ。ゴミの袋が千秋の身長より高く積み上がって、ベランダの出入り口をすっかり塞《ふさ》いでいる。

その山から千秋の部屋のベランダに、紫色の謎の液体が流れ出した。液体を追うように無数のアリの大群が這い寄って来る。

「ひぃ」

千秋は廊下に飛び出して、隣家のインターホンを連打した。

早く開けろ、早く開けろ——

「ハーイ！」

「ゴフッ」

のだめの開けたドアが千秋の額《ひたい》に命中、千秋は仰向《あおむ》けに倒された。

「千秋先輩！」

「開けるかフツー、その勢いで」

「どうしたんですか〜？　あ、ベルトですね」

「どけ」

「えっ、ちょ、ちょっ」

千秋は起き上がって即のだめを押しのけ、彼女の部屋に駆け込んだ。

ゴミの山が、今朝よりひどくなっている。

「掃除道具を全部出せ！」

「掃除道具……。掃除機なら出しっ放しに」

「何処だ！」

「ベッドの上です」

「ベッドは何処だァ！」

「そこです」

のだめが指さす辺《あた》りにはゴミしかない。かき分けてもかき分けてもゴミだ。

「くそっ、くさっ、何なんだこのゴミの山はっ。俺が全部撤去してやる」

千秋は叫びながら、手近な段ボールを抱え上げた。

「あ、ダメです！　この段ボールは学校の道具とかが……」

「あ？」

仕方ない、次だ。千秋は別の段ボールを持ち上げた。

「あっ、その段ボールの中には、実家からの食料がたくさん入ってるんです。これがないと死んじゃうー」

「何？」

ならばこっちだ。

「あーっ、ダメですダメです！　これは宝物です、家宝です。ほら」

と笑顔で操《あやつ》ってみせたのは、子供向けテレビアニメのキャラクター人形である。

「ふざけんな！」

「ぎゃぼーっ」

千秋は段ボールを取り上げて、のだめの頭に振り下ろした。

しかしそれはまだ、未知の世界の入り口に過ぎなかった。

「おい、コラ。これは何だ」

「多分……クリームシチューです」

「クリームシチューは黒いのか、とぐろを巻くのか？」

「はい、一年も経《た》つと」

口と鼻をタオルで覆《おお》わなければ呼吸もままならない。

鍋《なべ》を廃棄した直後、放置された白米の上に蜘蛛の糸のような物質が柱を作り、上に赤い粒が乗っている謎の物体を発見。

「このイクラは何だ」

「ごはんです」

のだめもしぼみ気味にスカートの裾《すそ》をつまむ。次から次へと菌の巣窟《そうくつ》かここは。

「ふぎゃーっ、ブラジャー！」

それ以前に――

「はぎゃーっ、パンツ！」

やるべき事が――

「ええい、黙ってろ！」

千秋はのだめを毛布で簀《す》巻《ま》きにして部屋のスミに転がした。

部屋とゴミ置き場を往復して何回目になるか。山積みのゴミ溜めに最後の段ボールを押し込んで、千秋は深々と疲れきった溜息を吐《つ》いた。

「何やってんだ、俺……」

考えるほどに哀《かな》しい。

上に戻ると、のだめが浮かれた調子でピアノをかき鳴らしていた。

「やっぱゴミがないと音が全然違うんですねー、ふふ」

「……何だ、この匂いは？」

ゴミは全て運び出した筈《はず》なのに、また新たな異臭がしている。

「あ！　先輩、お礼に手料理作ったんです。どうぞどうぞ、座ってて下さい」

「いいよ、俺は」

「いいからいいから」

のだめに強引に座らされて、手許に落ちていた雑誌は『オケツ占い』。彼女の感性が解《わか》らない。のだめはいそいそと戻って来て、千秋の前に皿を置いた。

黒い物質に、黄白色でハートマークが描かれている。

「何だ、これ？」

「アジの干物《ひもの》のマヨネーズ添えです」

「だから、この黒いのは何だと聞いている」

「アジです」

のだめはきょとんとしている。きょとんとしたいのはこっちだ。

「炭だろ！　殺す気か！」

千秋はテーブルを叩いて立ち上がり、台所を占領した。

手際《てぎわ》よく野菜を刻み、鮮やかにフライパンを振り、皿に盛るまでおよそ二十三分。

「手料理と言うなら、これくらいのものを作ってから言え！」

「ぎゃー、すごいすごい！　何ですかコレ！」

「ミレリーゲ・アラ・パンナコン・イ・ブロッコリ」

「美味《おい》し〜、すごーい、お母さんよりうまーい！　天才ですよ〜」

「そ、そこまで？」

「のだめ感動ですー、はうー」

満面の笑みで頰張《ほおば》りながら、そんなに喜ばれるとさすがに照れる。

「……今度はもっと美味《うま》いの作ってやるよ」

「救世主ー」

のだめが諸手《もろて》をあげて歓喜した。

VII

中華「裏軒」。

桃ヶ丘音楽大学にほど近いこの店は、名前通りよくあるラーメン屋と変わらない、むしろ典型的なラーメン屋の佇《たたず》まいをしている。

だが、誰もが店内に入って数分と経たない内に、認識を改める事になるだろう。

カウンター席を挟《はさ》んだ対面式の厨房《ちゅうぼう》。足の錆《さ》びたテーブルにギシギシなる椅子。

そこで食事をする初老の客が手にした、ナイフとフォーク⋯⋯

「おやじー、何で起こしてくれなかったんだよ。今日の午後一の授業落としたらまた留年だって言ったじゃんかよー」

二階から慌ただしい足音が駆け下りて来た。金髪に革のパンツ、真っ赤なヴァイオリンケースという出立《いでた》ちで、相当焦《あせ》っているのかサングラスが斜めになっている。

「龍太郎《りゅうたろう》！　お前って奴はイイ年して毎日毎日っ」

中華鍋を振っていた店長は、厳《いか》つい顔でピシリと言い放った。が、息子の姿を見るや、目許が下がって声まで杏仁豆腐《あんにんどうふ》級に甘くとろける。

「時計をよく見てみろ。まだ昼休みだろ、この慌てん坊やが」

「あ、あは」

「学校まで五分だろ？　十分前まで寝かしてやろうと思ってたんだよ」

「すまねえなあ、オヤジ」

裏軒の峰《みね》親子は仲良しだ。

峰（息子、以下略）がサングラスを外して二階へ戻ろうとした時、

「ブラボー」

店内に感極まった風な賞賛が上がった。

肩に掛かるカールした白い髪、モノグラムのジャケットに毛皮のマフラーを巻き、両手に握ったナイフとフォークを感動で打ち震わせている。

「こんなに美味しいニシメ、わたし初めてデス」

「だろー!?」

峰は笑顔で踵を返し、初老の客の向かい側に座って身を乗り出した。

「オオ、ついに来店か、味の分かる男。オイ、ジイさん、何でも頼めよ。ラーメン、カレー、おでん定。おやじの料理はどれも最高だからさ」

「オデンテイ？」

「特に、鰹《かつお》で浸《ひた》った〆昆布《しめこんぶ》！」

「カツラで、ヒカッタ、コウトウブ？」

「何だい、あんた日本人じゃなかったんだ」

峰父が驚くのを余所《よそ》に、客は峰の肩の真っ赤なヴァイオリンケースに目を留めた。

「君、音大生？」

峰は彼の奇妙な眼差《まなざ》しにたじろぎながら、気圧《けお》されるように頷《うなず》いた。

「ジイさん、変わってんなあ。音大なんて見学したってつまんねえぜ」

「ほう……」

峰に連れられて、味の分かる男（峰命名）は桃ヶ丘音楽大学構内を見回した。音楽好きの観光客だろうか。首からカメラを下げているが、大学など日本でも海外でも見て歩く分にはそう大差ない。峰は前に立って歩きながら、案内と称してここぞとばかりに不満を吐露《とろ》した。

「Aオケだの江藤塾だのくだらねえ。だいたいクラシックだけに捕《と》らわれるなんて馬鹿げてるよ。世界は音楽で溢れてる！　ジャズ、ポップス、そしてロック！　あれ？」

峰は熱弁を振るって振り返ったが、既に味の分かる男の姿はなくなっていた。

VIII

〈二台のピアノのためのソナタ　ニ長調〉。

十八世紀後半、ピアノがうまい知人の娘との合奏用に作られた明るいサロン向きの曲。モーツァルトが二台のピアノのために完成させた曲は、生涯でこれ一曲のみである。

「谷岡先生も人が悪いな。もっとやりやすい定番の曲もあるのに」

三日とは言ったがこれは合わせるのも大変だ。千秋はモーツァルトの解説書を閉じてピアノの上に置いた。腕時計を見ると、レッスン開始時刻は過ぎている。

ガチャとドアノブが動くのを聞き逃さず、千秋は振り返ると同時に怒鳴りつけた。

「遅い！」

立っていたのは、のだめでなく谷岡だった。失礼。

「あはは、野田くんやっぱりまだ？　あんまり時間通りに来る事ないんだよねー」

「そんな……仮にもこれは授業でしょう」

「まあ、僕も遅れる事があるから。ちょっとお茶でも飲んで来たら？」

シンジラレナイ。

千秋は溜息一つで諦《あきら》めて、楽譜を手にレッスン室を出た。

大学は、授業中でも小中学校のように静かになる事はない。授業のない学生が友人と話したり、例によって外で練習をしているからだ。

「知ってる？　構内を変な人がウロウロしてるんですって」

「物陰から学生を隠し撮りしてるって噂も」

「嫌だわ、ストーカーかしら」

擦《す》れ違《ちが》い様《ざま》に聞こえた会話に、のだめのはわんとした笑みが思い浮かんで、千秋は頭をかいた。彼の中では、変なもの→理解不能→のだめ、の図式が成立しつつある。

「千秋くん」

「！」

名前を呼ばれて顔を上げると、二人の学生が近付いて来るところだった。

頬の色艶《いろつや》がよく、恰幅《かっぷく》のよい体格は精肉コーナーを連想させる。

「僕、指揮科の……」

「知ってるよ」

ドイツ留学が決まった指揮科のハムだ。

「そりゃそうさ、有名だもん、早川君《はやかわ》。ちなみに僕はその次に有名な指揮科の大河内《おおこうち》まも――」

「僕、留学先でゲルハルムの受講生オーディション受けようと思ってるんだ」

「ゲルハルムって」

聞き返した千秋に、大河内の方が自慢げに咳払《せきばら》いをする。

「あのセミナーにはセバスチャーノ・ヴィエラが特別講師で来るんだぜ。まあ、僕もいずれ受ける事になるだろうけ——」

「千秋くんてヴィエラ先生と知り合いなんだって？　会えたら何か伝えておくけど」

早川の声が遠ざかる。視界が距離感を失い、彼らが近くにいるのか離れているのか分からない。眩暈《めまい》がする。

指揮者になりたい。

負け犬なんか嫌い。

セミナーにはセバスチャーノ・ヴィエラが。

あんたなんか何処行ったって一緒よ。

我が身すらままならない極限の恐怖。

迫り来る暗い水、沈み行く重い身体。

二台のピアノのためのソナタ。

「…………」

遠くから、のだめの軽やかなピアノが聞こえる。

千秋はレッスン室に戻る事ができなかった。

IX

それで、何処をどうしたらこういう状況になるのだろう。

整理しよう。ここは千秋の部屋だ。家に帰って、食事を作って、テーブルに並べた料理の前に、いつの間にか陣取っている侵略者たち。

「わあ、ちょうどできてる。ジャストタイミングでしたネ。はう〜ん、いいニオイ」

能天気なのだめと、

「ブーケガルニの香りがしマース。フランスの家庭料理ですネ」

こっちは誰だ。

「さあさあ、冷めないうちにいただきましょ」

「ワオ！　こんなところにワインです」

「あ、千秋先輩も座って座って。一緒にいただきましょう」

臨戦態勢の箸《はし》を片手にのだめに手招きされて、千秋はその手を思いきり叩いた。

「ぼげ〜っ」

「何が座って座ってだ、誰《だれ》ン家《ち》だと思ってンだよ！　盗賊かお前ら、盗賊だな。ワインを飲むんじゃねえっ！」

千秋は腹の底から怒鳴り、断りなくワインを飲み始めている初老の男に人差し指を突き付けた。

カールした白い髪、蓄《たくわ》えた白い口髭《くちひげ》、脱いだジャケットの下はドピンクのシャツ。怪しい日本語に馴《な》れ馴《な》れしい態度。どう見ても胡散臭《うさんくさ》い。

のだめと男は肩を寄せ合い、弱者の眼差しでチラチラとこちらを窺う。

「のだめちゃん。ココ、のだめちゃんのアパートメントと違うの？」

「のだめのアパートメンです」

「隣の部屋だろ。しかも何だ、この怪しいジイさんは」

千秋が怒ると、のだめは憤然とソファから立ち上がって言い返して来た。

「怪しくないです。のだめのお友達デス。さっき道で会った——」

「道で会った？　それでお友達か？」

「あ、ミルヒ！　ミルヒ・ホルスタインさんです」

「ミルヒ、ホルスタイン……牛の、乳……って、明らかに偽名《ぎめい》じゃねえか！」

のだめは思い出して喜んでいるが、疑惑は深まるばかりだ。

「ほう、あなたドイツ語わかりますか？」

「ハーイ。こちら千秋先輩。とっても優秀なんですよー。それにピアノもとーってもうまいんです」

「それは聞いてみたいものですネー。お〜、ステキなピアノね」

自称ミルヒーが勝手に話を進めてピアノへ近付いて行く。後に続こうとするのだめの首根っこをつかんで、千秋は彼女の耳元で声を潜めた。

「オイ、まさかホントにドロボーじゃないだろうな」

「へ？」

見ると、ミルヒーはピアノの傍《そば》の棚を物色している。不意にその横顔が真顔になり、彼は一枚の写真を手に取った。

「……千秋くん。この人は知り合いですか？」

ヴィエラ先生と一緒に写った写真だ。

千秋はのだめを押《お》し退《の》け、ミルヒーの手から写真を奪い返した。

「俺の指揮の師匠だ。勝手に触るな！」

「あなた、指揮者になりたいの？」

「悪いか」

「のだめちゃん、ここを出ましょう」

ミルヒーは急に態度を変えて、のだめの手をそっと取った。

「千秋くん迷惑そうだし。わたしの泊まっているホテル、とてもステキなスシ・レストランありマス」

「スシ・レストラン」

のだめはヨダレを抑えきれないで、ミルヒーに肩を抱かれて玄関に向かう。

「……このジジイ、ただのスケベジジイか。オイ、ちょっと待て」

千秋は声を上げて呼び止めた。のだめが小首を傾《かし》げて振り返る。

「今日は特別に俺の部屋で――」

「部屋で!?」

「練習みてやるよ」

「れんしゅう？」

のだめは期待を裏切られた顔で、心底嫌そうに柱に寄りかかった。

「のだめちゃん。私がもっと楽しいコト教えてあげマース。美しい夜景の見えるお部屋で、フカフカのベッドと、フカフカの枕」

「キレイなお部屋……ふかふかの枕……」

のだめは幸せな想像にうっとりだ。ミルヒーが勝ち誇って手を叩く。

「千秋くん、御愁傷《ごしゅうしょう》サマ。ハハ、レッツゴー」

カチンと来た。

「オイ！　こっちにもあるぞ、ふかふかのベッド」

「それって先輩のベッドですか？」

のだめがふらりとこちらへ戻って来る。千秋は思わず視線を外した。

「あ、ああ」

「枕は？」

「うっ…………腕枕」

「ぎゃほーっ」

のだめは奇声を上げて、履《は》きかけの靴を投げ、千秋に飛び付いた。

勝った。

「というわけだからジイさん、よい旅を」

「放して！」

「ギャア」

千秋はミルヒーを廊下に放り出し、力いっぱいドアを閉めた。と、思い出して、薄くドアを開いてやる。

「これやるよ。ポストに入ってたから」

指先でピッとチラシを弾《はじ》き、ドアを鎖《とざ》してミルヒーを締め出した。

チラシは安っぽい派手なデザインで『デリバリーヘルス』。

「……チアキっ」

わなわなと震えるミルヒーの恨《うら》み言《ごと》を、千秋は一切聞かずに部屋へ戻った。

ダイニングにのだめの姿がない。寝室をのぞくと、のだめはパジャマに着替えてベッドに横たわっている。彼女は千秋を誘うように布団《ふとん》の端をめくった。

「さあ、どうぞ、真一さん。いやん」

「何が『いやん』だ、このウスラボケー‼」

「ぎゃぼー！」

千秋の足裏がのだめの背中を前蹴り。のだめは悲鳴を上げてベッドから転落した。

「あんな極悪《ごくあく》ジジイをうちに連れ込みやがって。お前も帰れ、寄生虫！」

のだめの手首を引っ摑んで、無理やり寝室から引きずり出す。のだめはわめいて必死に抵抗したが、ダイニングまで来ると観念したように床に座り込んだ。

「分かりました、練習します。練習しましょ」

「…………」

「のだめ、ちゃんと練習しますから。ホントにちゃんとやりますから」

彼女は正座をして、拝むように低頭する。千秋は顔を背《そむ》け、眉間《みけん》にしわを刻んだ。

「……もうどうだっていいんだよ、そんな事」

「どうしたんですか？　今日、練習にも来なかったし」

千秋が答えないでいると、のだめはふと視線を床に落として、ソファの下に転がっていた総譜《スコア》を目ざとく見つけた。

「はぎゃ、何ですかこれ。指揮者用の楽譜？　すごーい、チェックがいっぱい！　やっぱりさっきのホントだったんですね。先輩、指揮者になりたいって」

彼女の無邪気な言葉が、千秋の脳に鈍《にぶ》い痛みを呼ぶ。

「のだめも早く先輩の指揮姿見たいです〜」

「……帰れ」

千秋はうっとりするのだめから総譜《スコア》を取り上げた。彼女は訳《わけ》も分からず大きな目を丸くしている。千秋の唇に、思わず自嘲的《じちょうてき》な笑みがこぼれた。

「こんな勉強したって一体何になるって言うんだ。いくら勉強したって、いくらピアノがうまくたって、結局はハムにすら負けてる」

残酷なくらい確かな現実。

「十年前も今も、俺はただ遠くからオケを見てるだけなんだ」

現実はいつでも傲慢《ごうまん》なくらい覆《くつがえ》らない。

「俺もやりたくない、お前も練習したくない、それでいいじゃないか。もともと何の意味もない課題なんだ。無理してやる事もない」

「でも……」

「谷岡先生には俺から話しておくよ。俺が指導しきれなかったって」

のだめは口を開こうとして止《や》め、言葉が見つからないみたいに黙り込んだ。

静かに去って行く裸足《はだし》の足音。玄関のドアが開いて閉まる。

千秋は写真のヴィエラ先生を見つめた。力が抜けて膝《ひざ》が折れる。千秋はその場に座り込み、だるい身体を床に横たえた。

X

差し込む朝日が、まだ閉じていたい瞼《まぶた》を急《せ》かす。開け放して寝てしまったらしい、窓の外からは雀《すずめ》のさえずりが聞こえる。

虚《うつ》ろな意識で寝返りを打つと、粒のようなピアノの音が千秋の耳をくすぐった。

モーツァルト〈二台のピアノのためのソナタ〉。階段を駆け上がるように繋《つな》がる音階が、いくらも行かない内にフと途切れる。そしてまた最初から。踏み外しては止まり、詰まり過ぎてはつかえて止まる、何度も何度もくり返しだ。

千秋はソファから起き上がり、隣の部屋のインターホンを連打した。

ガチャと鍵が開く。今日はドアの頭突《ずつ》きを喰らうまいと、千秋は半身を避けた。しかしドアの勢いは弱々しく、隙間《すきま》から顔をのぞかせたのだめにも元気がない。

「そ、掃除なら間に合ってます」

「掃除じゃねえ」

千秋は強引にドアを開けた。

「やんっ」

「何がやんっ、だ。あんなヘタクソなピアノ、聞かされる身にも——」

絶句。

完璧に掃除したハズの部屋が、既視感《デジャビュ》を覚えるほどに散らかっている。

「何故だ、たった数日でどうしてここまで」

「ごめんなさい。あの、私まだ暗譜しきれてなくて……でも、何とか覚えますから。だから、あと一週間待って下さい」

譜面台には、楽譜がきちんと開いている。

『野田くんは耳がいいから。耳で聞いて覚える事が多くて、楽譜見ながら弾く習慣がないんだよね』

（こいつはこいつなりに努力してるって事か）

千秋は小さく溜息を吐《つ》いて、懸命に楽譜をめくるのだめの隣に立った。

「約束は三日だ」

「……っ」

「俺が弾いてみせるから、ちゃんと楽譜見ながら聞いてろ。どうしても楽譜見て弾けないなら――」

見上げるのだめは、真《ま》っ直《す》ぐにこちらを見ている。

「自慢の耳で覚えきれ」

「！」

沈んでいたのだめの瞳が上を向いた。


楽譜通りに弾く。千秋には造作《ぞうさ》もない事だ。

千秋は手本に、のだめのパートを通して弾いてみせた。

のだめは踊るように宙で手を動かしながら音と千秋の手を追い、最後の一音と同時に夢中で拍手をした。

「わあ、すごーい。先輩のピアノって正確なんですね。本当に楽譜通りでしたヨ」

「お前がデタラメ過ぎるんだよ。俺とやる以上はキッチリ弾いてもらうからな」

「ひぃー……」

のだめは嫌そうに視線をそらしたが、譲ってやる気は毛頭ない。

千秋は早速レッスンを開始した。学校でもピアノにかじり付きになった。

「違う、そこからは俺と入れ替わる」

「はい」

「伴奏小さく」

「はい」

「左手うるさい、何度も言わせるな」

のだめは真剣に付いて来る。

「そこはヴァイオリンのようになめらかに。俺の音もちゃんと聞け」

隣のピアノを見やると、のだめはタコのように唇を尖《とが》らせている。

「そのカオやめろ！」

「えっ」

自覚がなかったのか、のだめはきょとんとしている。

練習はますますヒートアップした。成果の出ないはがゆさが、イライラを増長させる。窓の外はもう暗かったが、千秋はピアノとその音しか見えなくなっていた。

「まだ全然合ってねえ」

ミスは減って来ている。だが何度やっても何度注意しても、のだめのいい加減さは不意に何処かに現れて、二台の調和を乱した。

時間がない。鍵盤を叩く指先にも焦りが伝わる。手の甲の神経が綿で包まれたみたいに感覚を鈍らせて、気持ちが悪い。また音がずれた。

「勝手に転調するなーっ！」

千秋は声を荒らげて、鍵盤を両手で叩き付けて立ち上がった。

（何だか、ものすごくムカムカして来た。間違った事を言ってるわけじゃないのに）

時間がないからだ。曲が進まないからだ。のだめが言う事を聞かないからだ。のだめが勝手に盛り上がって楽譜から外れて——

瞬間、ハリセンの鋭い音が千秋の鼓膜《こまく》に甦った。

『勝手に盛り上がって勝手に終わらせるな！　やる気あんのか、ボケーッ！』

自分の思う通りに弾かないから。

（これじゃハリセンと同じだ）

のだめを見ると、彼女はいつしか覇気《はき》を失い、畏縮《いしゆく》して、身体を小さく縮こまらせてしまっていた。人差し指で一音ずつ叩く音にも力がない。

（あんなに嫌っていたレッスンを、俺はこいつにしているのか？）


二人の練習は帰宅後、夜にまで及んだ。

これで良いのだろうか。そんな疑問が千秋の思考を痺《しび》れさせ、目の前で弾くのだめのピアノすら硝子《ガラス》一枚隔《へだ》てた所にあるような感覚がする。

バラバラだったのだめの音は音符に従った正しい間隔に収まって、最初から最後まで秩序を保ち、不要な音は一つも、ない。

「どうしたんですか？　つっかえずに最後まで弾けたのに。また何か変でした？」

「変……」

そうだ、何かがおかしい。

「何処がですか？」

「臭い」

「え？」

「おまえのあたま、くさい」

奇妙な異臭はのだめの髪から発生していた。彼女が振り返ると、髪が広がって臭《にお》いが空気中に分散する。千秋は堪《たま》らず鼻をつまんだ。

「え〜っ、そうですか？　ちゃんと三日前に洗ったのに」

「三日前!?」

「おフロは一日おき、シャンプーは三日おき。こう見えても結構キレイ好きでショ」

シンジラレナイ。

千秋はのだめの首根っこを摑んで、服のまま容赦なくシャワーを浴びせた。

「ギャーッ」

「何がこう見えて、だ。見たまんまじゃねえか」

「やーめーてーっ」

ガシガシと指を立てて洗うが、シャンプーがまったく泡立たない。

嫌がるのだめを強引に押さえ付けて、どうにか洗い上げ、千秋はやっと彼女の髪をドライヤーで乾かすところまで漕《こ》ぎ着けた。

待て待て、そういう話をしていたのだったか。

(何やってんだ、ホントに俺は……)

「ファー、きもちイ〜。なんかのだめ今、ゴージャスな椅子に座る女王様になって、執事《しつじ》の先輩に特大ウチワで煽《あお》いでもらってる気分です〜」

何という頭の悪い発想だ。

「俺は犬の毛を乾かすトリマーの気分だ」

「え、犬？　どんな犬ですか？　ゴールデンレトリバー？　チワワ……柴犬《しばいぬ》かなあ」

のだめはむしろ嬉しそうに、自分の犬種に思いを馳《は》せている。

千秋は呆《あき》れを通り越して笑ってしまった。

「お前って……」

のだめは肩越しに千秋を見上げ、期待するような眼差しで瞬《まばた》きをくり返す。

(ヴィエラ先生に似てる)

たまごっちを手に子供みたいにはしゃいでいた。

「やっぱ変わってんな」

「何ですか？　それ」

拗《す》ねたようにクッションに顔を埋めるのだめの頭を、千秋はドファイヤーの先で軽く小突《こづ》いた。

XI

約束の日が来た。

「本当に大丈夫？　無理なら先に延ばしてもいいんだよ」

「約束は三日ですから」

千秋が首を振ると、谷岡は曖昧《あいまい》に頷《うなず》いて、準備に入るのだめを見やった。

「お、あの野田くんが楽譜見てるよ」

のだめはピアノの前に座り、膝に楽譜を広げて、その上で指を動かしている。

眉間にしわを寄せ、硬い表情で似合わない溜息を吐く。音を象《かたど》る指は緊張で震えて
仮想鍵盤でミスをすると、のだめはこの世の終わりのような顔をした。

（変）なのは彼女。

（おかしい）のは自分。

「のだめ」

「！」

「適当に、今日は自由に弾いていいから」

「先輩……今、のだめって」

千秋は小さく笑って、鍵盤に向かった。

(俺にはわかる。こいつには絶対、特別なものがある。そして、こいつに合わせられるのは——)

のだめが楽譜を置いて、改めて鍵盤に向かい直す。

千秋は息を吸い込み、背筋を伸ばして毅然《きぜん》と顔を上げた。

(俺さまくらいだ!)

一拍《いっぱく》の間《ま》。二人の手が上がり、呼吸を合わせて鍵盤が叩かれた。

(ここは完璧なユニゾン。問題は次、ファーストがほとんど単独で主題を……)

のだめの指が曲を先導して鍵盤を走り回る。

(出た、あの口。もうキレ始めた)

唇が細く尖り、眉間のしわは綺麗に消え去っている。緊張から解放された手は楽譜を無視して自在に踊り出した。

(自由にしろって言った途端《とたん》、素直な奴。でも、合わせてみせる!)

千秋は彼女の音に集中し、自らの手を呼応させた。

(もうこいつのクセは知ってる。ホラ、飛んだ! 跳《は》ねた!)

のだめの尖った唇は歌うように、指先から音が溢れるように、全身で音を楽しんでいる。気ままに、気まぐれに。

(ホントはずっと気になってた、こいつのピアノ。昔、ヴィエラ先生が言ってた)

『いいかい、シンイチ。どんなに素晴らしい舞台に立ったって、身震いするほどの感動する演奏ができる事なんてまれなんだ。そんな演奏ができたなら、それは世界のマエストロと呼ばれるよりもずっと幸せな事かもしれない』

（俺はそんな瞬間を夢見ながら、昨日までは諦めていたんだ）

日本から出られない音楽家に未来はない。そんな自分が、ヴィエラ先生の言うような感動を得られるわけがないと。

（でも今確かに、小さな身震いを感じている！）

二台のピアノの音は響き合い、脳天を突き抜けるように調和して、最後の音を強く重ね合わせた。

熱を残した静寂に、拍手が送られた。

「ブラボー、ブラボー」

谷岡が満足そうに満面の笑みで二人を讃《たた》える。

「よかったね、千秋くん。なんか壁越えたみたいで」

「え……？」

千秋は意表を突かれて一瞬、呼吸を忘れた。のだめはまたきょとんとしていた。

外に出ると、太陽は西の空に傾いて、辺りは淡い橙色に染まっていた。

涼しい風が千秋の項《うなじ》をさらって吹き抜けた。

『天才モーツァルトが生涯でたった一曲だけ完成させた二台のピアノのための曲は、才能ある弟子のためだと言われてるけど、本当はモーツァルト自身が彼女と向き合う事で、純粋に音楽を楽しむ事を思い出したかったんじゃないのかな』

（後輩指導じゃなくて、俺のためのレッスンだったのか）

「あのタヌキ教師め」

「……先輩の背中、飛びつきたくてドキドキ」

「！」

後ろを歩いていたのだめが、両手でトートバッグを抱え、火照《ほて》って潤《うる》んだ瞳で千秋を見つめている。

「これってやっぱり、フォーリンラブ!?」

「違う、断じて違う！」

千秋は突進して来たのだめ牛を、闘牛士のようにひらりとかわした。

「でも胸がキューンって苦しい」

「いいか、今日はたまたまうまくいっただけで、あんな演奏は普通は認められないからな。譜面通り弾かないなんて、コンクールでは論外だ」

「ぶぶっ。のだめがコンクル～？」

「えっ？」

彼女は上体を起こすとくるりと向きを変えて、階段を下り始めた。

「なーに言ってるんですか〜？　のだめはコンクルなんて出ませんよー」

「じゃ、何のために音大に入って毎日練習してるんだよ」

「のだめは、幼稚園の先生になりたいんです」

「……それが、夢なのか？」

「はい」

シンジラレナイ。啞然《あぜん》とする千秋を放って、のだめは少し照れたように笑い、飛び跳ねながら歩を再開した。

（親愛なるヴィエラ先生……どうやら日本にもすごい奴はいるようです）

胸に残る熱を確かに感じる。自分はここで、もっとやれる事がある。

千秋は踊るように回るのだめと、夕焼けの空を見上げた。

XII

翌日、千秋はいつものように颯爽と構内を進み、一直線に目的地を目指した。手には転科届の封筒。もう同じ場所で足踏みしているのは終わりだ。

決意を胸に教員室へ向かう千秋を、今日に限って何やら騒がしい学生たちがバタバタと追い越して行った。気が付けば、学校全体の空気が浮き足立っている。

「ミーハーな奴らだぜ」

よっ、と立ち上がったのは、染めた金髪と赤いヴァイオリンケースが目立つ峰龍太郎だ。以前に一度、千秋のピアノと合わせた事がある。

「指揮科の講師でマエストロ・シュトレーゼマンが来るくらいでよ」

「そんな……人が指揮科へ転科を決意した直後に、そんな旨《うま》い話が」

「は？　あ、オイ！」

千秋は走り出し、学生が詰め掛けた人ゴミをかき分け、彼の姿をそこに見つけた。

カールした白い髪、蓄えた白い口髭、胡散臭い笑顔。

ミルヒ・ホルスタインではないか。

「ちょっと貸してくれ」

「ど、どうぞ」

千秋は傍にいた女子学生から雑誌を借りて、若き日のシュトレーゼマンの写真を確かめた。勿論《もちろん》、こちらの顔には千秋とて見覚えがある。しかし、

「少しっていうか、全然違うじゃねーか」

隣から言う峰の感想は正しい。まるで別人だ。詐欺《さぎ》だ。


「え？　新しい学生オケを作りたい？」

「ハイ。私が選んだ学生で私のオケを」

堂々と答えたシュトレーゼマンに、江藤をはじめ講師陣は困惑気味だ。

「し、しかし、先生に見ていただくのは指揮科とAオケのハズでは……」

「もちろんそちらも正しくやりマス。ただ、私のレッスンを受けるチャンスをより多くの学生に与えたいのデス。この写真の学生たちを集めてくだサイ」

シュトレーゼマンはジャケットの内ポケットから写真を取り出して、テーブルに広げてみせた。首を伸ばした講師たちの表情が引きつる。写真はどれも、明らかに盗撮された女子高生の際《きわ》どいショットだ。

「オー、マチガイマチガイ。これ、お宝写真。渋谷で買った。これが本物です」

写真を回収して仕舞《しま》い、改めて別の写真の束《たば》を出す。

並べられた面々に、講師たちは先ほど以上に顔を引きつらせた。

「マエストロ、これ、本気ですか？」

「しかもこいつ……ピアノ科ですよ？」

まだこの時、千秋は未知なるオーケストラのメンバーも、ミルヒ改めシュトレーゼマンが浮かべる不敵な笑みの意味も知らなかった。

ただ一つだけ覆しようのない事実として分かった事は——

「ン？　どうかしたのか？」

「どうしたもこうしたも、これじゃあ……」

転科、できねえ！

シュトレーゼマン
特別編成オーケストラ(Sオケ)メンバー

第1ヴァイオリン

峰龍太郎(コンマス)
稲川良治　池上里美
浦部智子　斎藤久美
山内美鈴　平井綾乃
杉内容子　石野麗華
黒川大志

第2ヴァイオリン

内村秀美　山城明日香
菊地晋平　秋山聖子
新保佳代　宮坂美佐
石川貴子　代田有紀
笹山静江　志村麻奈

ヴィオラ

安田望　金城静香　柳田祥子
熊谷映子　服部寛　栗田純也
小泉菜汲　叶直子

チェロ

井上由貴　上村明弘
玉川信義　松島栄太郎
草田敏明　村瀬俊

コントラバス

岩井一志　小田八重　佐久桜
宮坂正二　池中慧子
岡村啓太

フルート

鈴木萌　安田瑞樹

オーボエ

橋本洋平　山崎望

クラリネット

玉木圭司　鈴木薫

ファゴット

温井涼　塚本あきら

ホルン

金井健人　佐々木裕
香坂勝代　島谷優

トランペット

松井晋介　浜田歩

打楽器

奥山真澄

マスコットガール

野田恵

第2章

I

「ミルヒー！」

桃ヶ丘音楽大学の中庭に、のだめの叫びが響き渡った。

のどかな緑に囲まれて、ピンクな雑誌を広げていたシュトレーゼマンは、駆けて来る彼女に気が付いて嬉しそうに顔を上げた。

「なんで私、ピアノじゃないんですか!?」

「オ〜、のだめちゃん。ピアノ、オーケストラに入れませんね。でも、マスコットになれば、ずっと私の側にいられマス」

「のだめはピアノが弾きたいんです！」

ミルヒーの腕を摑んでのだめが詰め寄る。

と、そこに、ピアノ科講師、谷岡の素頓狂《すっとんきょう》な声が飛び込んだ。

「ええっ、転科するの？　千秋くん」

「！」

耳に挟んだ名前と会話の内容に、のだめは目を見開いて振り返った。

少し離れた所で、千秋と谷岡が話をしている。彼女はシュトレーゼマンの腕を放して、遠巻きに二人の話に耳を澄《す》ませた。

「指揮科って……でも、もう四年の秋だよ?」

「本当はずっと前から考えてたんですけど。今日、これを提出するつもりです」

千秋が差し出してみせたのは、達筆で転科届と書かれた封筒だ。

「そっかー。僕としては君のピアノが変わって行くの、楽しかったんだけどなぁ」

「谷岡先生、色々と——」

「だめですー!」

バタバタと走る足音が千秋の言葉を遮《さえぎ》った。

「先輩、転科だめー!」

絶叫を上げながら、のだめが千秋にボディタックル。千秋が鮮やかな身のこなしでのだめを避ける。のだめは勢いあまって地面に転がり、中庭の岩に額《ひたい》を強打した。

「ほげっ」

千秋はやれやれと呆《あき》れ顔だ。

のだめはそれでもへこたれず、千秋の肩にすがり付いた。

「転科しちゃったら、もうのだめとピアノ弾けなくなっちゃいますー」

「いつでも弾けんだろ」

「同科のよしみがなくなっちゃいます……」

「意味わかんねーよ」

千秋は取りつくしまもない。

ところが、あらぬ方向から現れた手が千秋から転科届を奪うと、彼の目の前で有無《うむ》を言わさずやぶり捨てた。シュトレーゼマンだ。

「指揮科への転科は認めまセン」

「なんで」

「私はあなたが嫌いデス。超ムカツク」

「そんな理由があ――」

「それともう一つ、あなたはヴィエラの弟子と言いましたね？　私はあいつも嫌いデス。超ムカツク！」

「……巨匠といえども一教師、そんな個人的な感情だけで学びたいという学生を拒否してもいいのか」

「あたりまえデス」

シュトレーゼマンは一蹴《いっしゅう》して、間近から千秋を睨《ね》め上げた。

「指揮科の講師はこの私です。ここでは私がルールです。ザギンの高級クラブでさえおさわりパブに変えてみせマス」

「は……？」

目を白黒させる千秋に、シュトレーゼマンはフンと鼻を反《そ》らして背を向けた。

「そういう事で先輩、指揮科はきっぱり諦めましょう」

のだめは千秋の腕にしがみつき、嬉しさのあまり頬擦《ほおず》りをしている。

その、一部始終を見守る者がいた。物陰からアフロヘアーがはみ出している。

奥山真澄《おくやまますみ》。彼は怒りに全身を震わせて、脳天から奇声を発した。

「私の千秋さまに……！　野田恵、殺すリスト最上位。うで組んだうで組んだうで組んだうで組んだうで組んだ」

恨みのこもった呟《つぶや》きが、彼の周りだけ真冬のように気温を下げた。

Ⅲ

エレキヴァイオリン。

骨組みだけを残したスケルトン構造の本体にヘッドホンを繋ぐ事で自分だけが音を聞く事ができ、真夜中、楽器禁止の集合住宅でも練習ができる優れものである。

そしてアンプに繋げば、エレキギターにも負けない骨太な音を奏でられる。

ヴァイオリン科三年、峰龍太郎は四本の弦《げん》をかき鳴らして、弓を空にかざした。

「やっぱり俺はロックだぜ」

自らの閃光《せんこう》のような演奏に酔いしれてしまう。峰は大満足で、練習室のバンド仲間に話しかけた。

「おい、学園祭でやるバンドの曲、なんにしようか」

「それより峰、Sオケに行かなくていいのか？」

「いいんだよ。シュトレーゼマンがなんぼのもんだ。俺はロック一本で生きて行く！」

ビシッと決めたのに、小林《こばやし》はなおざりにパソコンをいじりながら話を流した。

「来週、ヴァイオリンの再試験だろ？　エレキばっかやってて大丈夫なのかよ」

「また留年したらどーすんだ？」

もう一人のバンド仲間、斉藤《さいとう》まで冷たい視線を送る。

「せっかくあの千秋をピアノ伴奏者にセッティングしてやったってのに、お前、逃げられたんだって？」

「！　違うよ、あれは……っ」

忘れもしない初顔合わせ、初めての練習、気持ちよくヴァイオリンを弾いていた峰のピアノ伴奏を途中で放り出して、千秋が言った捨て台詞《ぜりふ》は、

『へたくそ。不愉快だ、帰る』

大学構内を歩けば、その不機嫌な姿すら何様オレ様千秋様と女子学生（一部男子含む）に騒がれている千秋だが、皆、彼の凍《い》てつく吹雪《ふぶき》並みの冷血光線を直《じか》に喰らった事がないから無邪気にキャアキャア浮かれていられるのだ。

「あいつが俺の鋭い感性について来られなかったから……どっかにいないのか？　もっとテクがあって柔軟で優しくて、俺のセンスについて来られる芸術肌の人間は！」

小林と斉藤は峰の訴えを無視して右から左だ。峰は腹立ち紛《まぎ》れに弓を構えた。

「!?」

雑音、そして音がブツと途切れる。この腹立たしいタイミングと言ったらない。

「……誰だあ！　延長コード切った奴っ」

峰は勢いよく廊下に飛び出した。

器材で雑然とした廊下に、女子学生がうつ伏せに倒れている。足首には延長コードを絡《から》ませ、伸ばした手の先にはなぜか食べかけのおにぎり。

「あ、いた！」

廊下の角から二人の学生が駆け付けて、倒れる彼女を頭ごなしに叱り付けた。

「のだめ。あんた、また人のお昼盗《と》ったわね！」

また？

「ぎゃぼー、具まであと一口だったのに～！」

具？

「おい」

峰が声を掛けると、おにぎりから分離したタラコを摑んで嘆いていた彼女が、涙に瞳を潤ませてこちらを見上げた。

「カワイイ……」

思わず見とれてしまってから、峰は落ちている楽譜に気付いてそれを拾い上げた。

「君、ピアノ科？」

「ハイ、そですけど……」

降ってわいた幸運。これを逃す手はない。

「ヴァイオリン試験の伴奏、お願いできるかな？」

「誰でもいいんじゃねーか」

小林のツッコミはスルーの方向で。

「……試験の伴奏？」

きょとんとする彼女に、峰は続けざまに頷いた。

ベートーヴェン、ヴァイオリン・ソナタ・五番〈春〉。

峰はのだめと合わせて一曲を弾き終え、呼吸の乱れも忘れて打ち震えた。

「か……完璧だ。すげえ、一発で合っちゃったよ！」

「ほんと、間違えたとこまでピッタリ……」

この達成感の前にはそんな事は瑣末《さまつ》だ。小さな事だ。

峰は、のだめの肩を掴んで身を乗り出した。

「ブラボーのだめ！　君のピアノにはソウルがある！」

「ソール？」

「やっぱり今までは伴奏者が悪かったんだ。今度の試験はいける！」

もはや、この出会いは運命だ。峰は弓を握り締めてガッツポーズをした。

III

チャーハン、八宝菜、青椒肉絲《チンジャイロース》、回鍋肉《ホイコーロー》。麻婆豆腐《マーボードウフ》、麻婆茄子《マーボーナス》に麻婆春雨《マーボーハルサメ》。極め付けは焼き立て餃子にチャーハンスープ。

のだめはお腹も心も満腹だった。ソールとかはよく分からないが、裏軒の永久タダ券をもらってしまった。峰はいい人だ。ちなみに美味しいご飯を作ってくれる店長、峰父もいい人だ。

　おかもちを引っさげて、のだめは軽やかなスキップでマンションに帰宅した。

「おみや、おみや、先輩のおみや♪」

部屋の前に倒れていた千秋の寝顔に乙女心。面白い寝言に心引かれ、つれない背中に体当たり。そんな千秋の料理の腕は一流、ピアノの腕は超一流だ。

　転科とか退学とか不吉な事を言っていたが、今夜は二人でパーッと中華三昧《ざんまい》と洒落《しゃれ》込《こ》もう。もちろん、のだめの胃袋はまだまだ余裕である。

「先輩にひとくち、あーん♪」

のだめはウキウキと階段を上り、百八十度、驚愕の光景に息を呑《の》んだ。

　千秋の部屋の前に、千秋と綺麗な女性がいる。何やら深刻そうな雰囲気だ。

「とにかく中に入れよ、彩子」

千秋は女性を部屋に招き入れると、のだめを置いてきぼりにしてドアを閉めた。

おかもちの落ちる音がやけに遠くに聞こえる。

「彼女、いたんですか……」

ショックのあまり、のだめは白目を剝《む》いてその場に倒れた。

Ⅳ

空は快晴、ヴァイオリンは快調、気分は上々。

峰は鼻歌まじりに構内を歩き、オブジェに横たわるのだめを見つけて手を振った。

「おー、のだめ！　練習しようぜ、練習」

しかし彼女はピクリとも動かない。峰は心配になって顔をのぞき込んだ。

「のだめ。おい、どうした？　お前のソウルは？　魂は？」

峰はのだめの放り出された腕を摑んで揺らしたが、目すら合わない。

「恋……それは幻……」

「！　失恋か。なんでこんな時に……。しっかりしろよ、試験は来週なんだぞ!?」

「はうう－」

まるで屍《しかばね》だ。

「くそ、どこのどいつだ？　俺がくっつけてやる！」

「ほげ」

「留年がかかってるんだ。失恋なんぞでへこまれてたまるか」

峰はのだめをオブジェから引きずり下ろし、首根っこを摑んで引きずって歩いた。

相手は校内の学生らしい。件《くだん》の男がいるらしい屋外のカフェテリアを見てしおれるのだめには、昨日までのほとばしる魂のキラメキがない。

峰はオペラグラスをのぞいて声を焦《じ》らせた。

「どれだ？」

「あの中で一番輝いてる人……」

「そんな主観的な言い方じゃわかんねーよ。もっと具体的に」

「黒髪に白いシャツ」

「げっ、千秋。なんでお前あんな奴」

向かいには連れがいる。峰は彼女とのだめを見比べて、オペラグラスをたたんだ。

「負けだ」

「えっ」

「あれは多賀谷彩子。美人で優秀な声楽科のマドンナだ。あんないい女と付き合っている千秋がお前に振り向く可能性は万にひとつもないだろう」

「むきゃー！」

「というわけで、潔《いさぎよ》く諦めて練習しよう」

峰はのだめの腕を摑んで練習室へ向かおうとした。が、のだめはやさぐれた調子でフッと笑って、峰の腕を振り払った。

「練習したってどうせ死ぬし〜」

「はあ？　失恋くらいで死ぬわけねーだろ、なあ」

「これ。今日の朝、ポストに入ってたんです」

のだめはトートバッグから二つ折りの紙を取り出した。

『この手紙を二日以内に百人に出さないとおまえは死ぬ』

差出人は『死んじゃえ委員会』、おしまいにジョリーロジャーのドクロマーク。

峰は思わず吹き出して笑った。

「今時《いまどき》、不幸の手紙？　バッカじゃねーの、出した奴」

と、紙を丸めて捨てた瞬間、大量の水が豪雨のように降って来た。そして、ゴンと金だらいが峰の頭に命中する。パンツの中までずぶ濡れだ。

「……なんか心当たりねーのか？　人に恨みを買うようなさあ」

「！　マキちゃんのお弁当つまみ食いしたからかな？　それとも学食でつまみ食いしたからかな？　それとも近所の魚屋さんで……っ」

「猫かよお前は！」

試験まで一週間、峰の耳に留年の足音が聞こえて来た。

それからののだめの不幸は散々《さんざん》なものだった。

帰り道には足許に飛んで来た爆竹《ばくちく》がけたたましく破裂音を鳴らし、通学路では子供達に水鉄砲の餌食《えじき》にされる。ようやっと逃げ切ればバナナの皮ですべって転び、教室に入ればドアに仕かけられた黒板消しが脳天にストライクだ。

「ずいぶん古典的なイヤガラセね〜。ていうか至近距離なのがスゴイ」

同科のレイナが、呆れた口調でのだめの背中から『バカ』と書かれた貼り紙を剝《は》がした。毎日のようにのだめに昼食を奪われていたマキはざまあみろという顔だ。

「誰の仕業《しわざ》か知らないけどいい気味だわ。これに懲《こ》りたらもう人の弁当盗るんじゃないわよ」

「それは約束できまセン」

「！　あっ」

答えた時には既に、のだめはマキの弁当を広げている。

「いっただきま〜す」

手を合わせて蓋《ふた》を開けた瞬間、のだめの笑顔が凍り付いた。

弁当箱の中は空っぽで、小さな紙きれが入っている。

『おいしゅうございました。死んじゃえ委員会』

「……許せまセン！」

紙きれを真っ二つに破って、顔を上げたのだめが鬼の形相《ぎょうそう》に変わる。

「殺しマス！」

のだめは脇目も振らずに教室を飛び出した。

「食べ物絡んだ途端に、人格変わってるよ」

レイナは感心しているが、その弁当、私のだし……というマキの虚しいツッコミは、のだめの破壊的な足音にかき消された。

V

麗《うら》らかな午後の構内には、学生のお昼寝スポットがたくさんある。

木々が淡い影を落とすベンチで、のだめは気持ちよさそうに眠っていた。

そこに真っ白なブーツが内股《うちまた》をくねらせ、近付いて来る。

人の頭にしては大き過ぎる丸い影が辺りを窺ったかと思うと、筆ペンを持った手が小指を立てて、のだめのまぶたに黒々と目を描き入れた。

「シシシ」

「捕まえたぞ、コノヤロ！」

「確保！」

のだめが狸寝入《たぬきねい》りから飛び起きる。峰は背後から犯人を羽交《はが》い締めにした。

「いやぁーっ」

「おとなしく観念しろ。カツラを取れ！」

サングラスを奪い、大き過ぎるアフロヘアーを引っ張ったがなかなか抜けない。

「いたーい、自毛《じげ》よ自毛！　はなしなさい！」

「うおっ」

犯人が身体をひねって伸び上がる。峰はコマのように弾き飛ばされた。息を切らして身構える犯人には見覚えがある。というか、一度見たら絶対に忘れようがない。

「お前は……ティンパニーの真澄ちゃん!?」

「なんで私にイタズラしたんですか！」

「みんなで怒鳴らないで、頭いたいじゃない」

真澄がアフロの頭を抱えて縮こまる。彼はキッとこちらを睨《にら》んだ。

「とにかく、あんた、野田恵！　千秋さまに近付かないで」

「……はぁ〜、そういう事か」

峰は脱力した。

「そ、そーゆー事ってどーゆー事ですか？」

「千秋さまは私の王子様。遠くから見つめるだけで勇気と希望を与えて下さるアポロン、つまり太陽」

幸せを全身で表現する真澄は、遥《はる》か遠くを見つめて、別世界に行ってしまった。

「……あのー、千秋先輩は男ですよ」

「だからなに！」

「そういう趣味の人だ」

峰的親切なフォロー。

「悪い!?　こうなったら野田恵、私と勝負しなさい！」

「こーなったらって、どーなったんだ？」

峰的疑問の提示。

「わかりました。受けて立ちましょう」

「なぁなぁ、お前ら勝負の相手間違ってねーか？　お前らの敵は多賀谷彩子だろう」

峰的——全然聞いていない。

のだめと真澄は互いに額を押し付け合って、敵意の火花を散らした。

「じゃ、私はティンパニーで」

「じゃあ私はピアノで」

「いや、そんな勝負ねえよ。やるならもっとわかりやすくやれよ。うーん、そうだな……先に千秋とデートの約束した方が勝ち、とか？」

「！」

千秋の名前が出た途端、二人が同時に振り返る。

「千秋さまと？」

「デート！」

どじょうヒゲを生《は》やしたアフロ乙女と、まぶたの上から目玉を描かれた落書き乙女が、うっとりと空想の世界に羽ばたいた。

Ⅵ

千秋とデートの約束をした方が勝ち。一石二鳥とはこの事だ。

のだめはドアの後ろで待ち構えていた。千秋の靴が四拍子を刻んで帰って来る。

「せんぱーい」

すかさず飛び出して、のだめは千秋の手を取った。

「今度の休みに二人でどこか行きませんか？」

「はあ？　なんで俺が」

「お、お礼です。いつものお礼にごちそうしたいんです」

「……うっ」

千秋の様子が少しおかしい気がするが、それを漂う酒の匂いに繋げて考えられるほど、今ののだめは冷静ではない。のだめは必死に千秋の腕を揺すって懇願した。

「だから、今度の休みに……」

「わかったわかった、行けばいいんだろ」

「えっ？」

「どけ」

千秋がのだめを突き飛ばして部屋に駆け込む。今、千秋はいいと言った。

「やったぁ！」

のだめは喜びに溢れて大きく腕を回した。

＊

真澄は、一世一代とっておきの準備をした。

「おお、チェコ・フィルのチケットだー」

峰が驚きの歓声を上げた。彼が手にした封筒には、チェコ・フィルハーモニー交響楽団の日本公演のチケットが二枚入っている。

真澄がもじもじと指輪をいじっていると、峰が勘付《かんづ》いてチケットから目を上げた。

「あ、これに千秋を誘おうって作戦か」

改めて言葉にされると、なんと大胆かつ大それた目標だろう。

真澄は叫び出したいのを堪《こら》えて、談話室の窓にはり付いた。

「ああ、でも、私なんかと行くのイヤだって言われたらどうしよう！　私死んじゃう……死んじゃう死んじゃう死んじゃう、そんなの死んでしまうわあ」

「え、まさかお前、千秋と一度も話した事ないのか？」

実は、そうなのだ。真澄は峰に駆け寄って両手を合わせ、遂《つい》には土下座した。

「龍ちゃん、お願い！　私の代わりに誘って来て。お願い」

「じょ、冗談じゃねえよ。あんな奴に頭下げるなんてゴメンだね、俺は」

そう言うと、峰は真澄のアフロにチケットを突き刺して談話室を去ってしまった。

「そんなぁ……」

「真澄ちゃん」

背中から綺麗な声に呼ばれて、真澄は目尻の涙を手でふいた。

三木清良《みききよら》が談話室の階段を下りて来る所だった。

「見たわよ。Ａオケの上にＳオケにも選ばれるなんて、さすが打楽器の女王ね」

「あんなふざけたマスコットガールがいるオケなんかに参加できますかっての！」

「は？」

四年間、物陰から千秋を見つめ続けた真澄の愛は純粋だ。始まりは十八の春、都会のコンクリートジャングルと狭い練習室に耐えられず、山形に帰りたいと涙にくれていた真澄の足取りは頼りなく、階段の途中で倒れそうになってしまった。

『大丈夫？』

後ろから支えられた力強い腕、それが千秋だった。

『気をつけろよ、クネクネすんな』

その時から、真澄はひそかに恋心を育《はぐく》んで来た。

「なのにあの女……！」

千秋になれなれしく腕を組み、家が隣なのをいい事に毎日毎日夕飯を作ってもらうとは何事か。しかし、真澄には千秋に話しかける勇気がない。

清良が呆れて溜息を吐いた。

緑眩《まぶ》しい並木道を、千秋が歩いて行く。その飾らない立ち姿が愛《いと》おしい。

「千秋くん」

清良が声をかけると、彼は足を止めて振り向いた。

「久しぶり」

「ああ、ヴァイオリン科の三木、清良さん。確か留学してたハズじゃあ」

「夏に戻って来たのよ、ウィーンから」

「へえ……どうだった？　向こうは」

「いいとこよ。向こうの学生オケにも参加できたし、すごく勉強になった。千秋くんも一度行ったらいいのに」

何を楽しそうに話しているのだ。

早くしろ。

真澄が念を送ると、清良が察知してこちらを見、嘆息まじりに話題を変えた。

「そうだ。私、今Aオケのコンミス（コンサートミストレス）やってるんだけど、よかったら観に来ない？」

「Aオケか……そういえば観た事ないな」

大成功。真澄は腹をくくって、天に祈った。

Ａオケは各器楽の成績上位者で編成した、言わばエリートオーケストラだ。来月に定期演奏会を控えて、今日もホールで練習がある。皆がリハーサルの準備をする中、真澄が舞台袖《そで》からステージに上がると、メンバー達に一斉《いっせい》に笑いが起こった。

「どーしたの、真澄ちゃん、そのカッコ。本番じゃあるまいし」

「うるさいわね、悪い!?」

タキシードにフリル付きブラウス、蝶ネクタイは真澄の一張羅《いっちょうら》だ。大事な舞台には男も女も正装してのぞむものと相場が決まっている。アフロも完璧にセットした。

「私は今日の練習に命かけてンのよ！　あんたたち絶対ヘマすんじゃないわよ！」

「なんで？　練習なのに」

「だって……」

その時ホールの扉が開いて、千秋が現れた。

彼が客席に座る。指揮科の講師が指揮台に上がる。

「えー、では第九の一楽章から始めましょう」

皆が演奏態勢に入る。清良に微笑を送られて、真澄はしっかと頷き返した。

「見ていて下さい、千秋さま。奥山真澄、想いをティンパニーに託します」

真澄はバチにキスして、そのまま思いきり振り上げた。

(千秋さま、聞いて！　私のこの想い！)

曲がせり上がる。バチがティンパニーを駆け回る。

（どうか、私と、お友達になって下さい！）

バチの跳ね上がりに合わせてジャンプ、真澄は全身で曲と熱い想いを表現した。

「ストップ、ストップ！」

講師の鋭い声で曲が止められ、ホールがしんと静まり返る。

「ティンパニー、ＧＥＴ　ＯＵＴ！」

「えっ……」

まさかの退場勧告に、真澄の手からバチが零《こぼ》れ落ちた。

千秋に勇姿を見て欲しかった。千秋に、千秋は――

「最悪のアホだな」

千秋が失笑して客席を立ち去った。

大失敗。真澄は耳に残る千秋の声に打ちのめされて深く項垂《うなだ》れた。

＊

一方のだめは御機嫌絶好調だった。何しろ、千秋とデートの約束をしたのだから、あとはプランを練るだけである。のだめは今日もドアの内側で待ち伏せをして、千秋の足音が聞こえると同時に廊下に飛び出した。

「先輩、今度のデート、どのレストランがいいですか？」

開いて見せた雑誌は『東京デート日和』。下準備は万端《ばんたん》だ。

ところが、千秋はのだめと雑誌を横目に見ただけで、素っ気《そけ》なく尋《たず》ね返した。

「デートってなんだ？」

「え、デートって、想い合う男女が二人で仲良く出かける事ですよ〜。つまり、私たちが食事に行く事です」

「知らん！」

千秋は冷たく言い放って、腕を組んだのだめと雑誌を一振りではね飛ばす。

のだめは訳がわからず、眉を下げて千秋を見上げた。

「でも、こないだ約束……」

「そんな気分じゃないんだよ。ほっといてくれ」

千秋はのだめを押し退けて、さっさと自分の部屋に入って行った。

何が起きたのだろう。のだめに分かるのは、デートの約束がなくなった事だけだ。

「ガーン……」

千秋争奪戦は、両者敗北のドローに終わった。

VII

試験の日程が迫って来ていた。

オーソドックスなヴァイオリンに持ち替えて、峰はのだめと〈春〉を合わせた。

ここがカワイイ女の子の部屋だとか、そこがゴミの魔窟《まくつ》のように散らかっている事すらもまったく気にならない。何はなくとものだめの演奏がひどすぎた。

「のだめ全然ダメ！　いい加減立ち直れ！　お前にはもうピアノしかないんだろ？　せめてピアノくらいまともに弾けなきゃ、お前の存在価値は……」

「はうー」

のだめがピアノの譜面台に沈没する。

「……ごめん、つい本音が」

「本音……」

「なあ、それならいっそ、俺と付き合わねーかい？」

峰はのだめの前におどり出て、ヴァイオリン片手に胸を反らした。

のだめは世にも嫌そうな顔をしている。何もそこまで、軽くショック。

「ハハ、ハハハ、だよね。——つーか、なんでお前までいるんだよ！」

峰は部屋の隅を見やってうんざりした。家主《やぬし》ののだめはまだしも、真澄までが膝を抱えて傷心に打ちひしがれている。春というより梅雨《つゆ》だ。

「あーもう、勝負は終わったんだろ。頼むから練習しようぜ練習」

「先輩に会いたい」

「ハァー……」

「先輩の手料理が食べたい。カプリなんとかにブロッコリなんとかー」

「ハァー……ハ!?」

「ん?」

聞き捨てならないのだめの発言検知。峰と真澄は同時に顔をガバッと上げた。

「お前、まさか千秋に料理してもらったのか?　す、すげえ、それって脈あるんじゃねーのか?」

「ミヤク……?」

のだめがきょとんとして峰を凝視する。

「普通、キライな女にそんな事しねーって。まだ頑張る価値があるかもしれねーぞ」

「ふおっ」

「千秋といえども所詮《しょせん》は男。こうなったら女の武器を使いまくれ!」

「女の武器?」

のだめと真澄が声をそろえて目を丸くした。のだめは俄然《がぜん》やる気を取り戻し、真澄は口惜《くや》しそうにハンカチの端を噛む。

のだめは少し考えて、あっと声を上げると早速、ポーズを取った。

「だっちゅーの」

「おお、古い。そしてキモイ。おい、もっと色っぽい服はねーのか?　化粧も」

「えーっ」

峰の提案で、のだめは肩の出た水色のワンピースに着替えた。化粧もした。

「………」

濃い。峰と真澄は絶句した。

「こんな感じでしたよね？　マリリン・モンローって」

「なんでマリリン・モンローなんだ？」

「はう」

「泣くなよ！」

「笑ってマス」

表情も見えないほど塗りたくられた化粧はピエロ並みである。これでは千秋どころか、あの女好きシュトレーゼマンにも振られるのではないだろうか。

「もー、貸してみなさい。あんたね、イイ年して化粧のひとつもできないの？」

真澄が見兼ねたように化粧道具を取り上げて、のだめと膝を突き合わせた。真澄ののだめの頬にパフを当てる手付きは、そこいらの女性より数倍手慣れている。

「もう少しソフトにファンデは軽く乗せて、全体にボカシを入れる。眉は少し弱々しく、目元はパッチリ。頬と唇はピンク系で爽やかに、っと」

「これで先輩を寝盗《ねと》れますね」

「……おい、何やってんだ、お前ら」

「！　おわあっ」

峰は驚いて文字通り飛び上がった。真澄も硬直して壁に張り付く。

千秋だ。

「来てくれた……私に会いに……。先輩、会いたかったぁ！」

のだめは細い肩を打ち震わせて、満面の笑みで千秋の胸に飛び込んだ。

「ひィ！」

「ぎゃぼーっ！」

千秋の手加減を知らない前蹴り。のだめがあえなくソファに吹き飛ばされた。

かわいそうだが千秋の気持ちも分かる。のだめのメイクはさっき以上に、濃ゆい。

「何なんだ、夜中にギャーギャー騒ぎやがって！」

「いや、これはその、コイツらがお前に好かれようと一生懸命やった結果で……」

「人をおちょくるのもいい加減にしろ、こんな女を好きになる奴がどこにいる！」

千秋がのだめをバッサリ切る。真澄がしたり顔で親指を立てた。が、

「しかもなんだ、こっちなんか男だろ！」

「！」

千秋は返す刀で真澄を切り裂いた。

真澄が泣きながら部屋を飛び出して行く。これでは連続辻斬《つじぎ》りだ。

「そこまで言う事ねーじゃねーか」

「そうですよ、ひどいデス！」

「ひどいのはお前らだ！　それにさっきの演奏、なんだあれは？　聞くに耐えん。騒音！　近所迷惑！」

「ちょっと待てよ」

峰は弓の代わりに、手持ち無沙汰《ぶさた》に持っていたアスパラガスを床に叩き付けた。聞き捨てならない発言である。

しかし千秋はまったく怯《ひる》まず、真っ向から峰を睨み返して薄く笑った。

「お前、本気で自分がうまいと思ってンの？」

「当然だよ！　俺なんて、全国のジュニアコンクールで三位になった事だってあるんだぞ！」

「それで神童とか言われて勘違《かんちが》いしたクチか。よくある話だ」

勘違い？　よくある話？

「ちょっとヴァイオリン借りるぞ」

千秋は峰の返事も聞かず、彼のヴァイオリンを構えると弓を鳴らすように振る。

「ベートーヴェン〈春〉。さわりぐらいでいいだろ」

弓が弦に触れる。千秋のヴァイオリンが奏でる音は澄み、ビブラートもスタッカートも楽譜通り完璧だ。

たった今まで泣いていたのだめが、ほれぼれとして千秋の足にしがみ付いた。

「先輩、しゅごーい！　しゅてきしゅてき～」

「ジュニアなら、俺もウィーンのコンクールで優勝した事あるんだよな」

「ウィーン？　優勝!?」

そんな話は聞いていない。愕然《かくぜん》とする峰に、千秋はヴァイオリンを差し出した。

「少しなら教えてやってもいいけど?」

「お……お前に、教わる事なんかねえ!」

峰は千秋からヴァイオリンと弓を奪い返して、のだめの部屋を後にした。

VIII

へこんだ。屈辱だ。正直言って落ち込んだ。

のだめと練習を始めたものの、今度は峰の方が崩れて使い物にならない。

峰は練習室で力の入らない手から弓を取り落とした。

「馬鹿にしやがって。だからクフシックは嫌なんだ。やれリズムだ、音程だ。曲を譜面通り正確にテクニックテクニック! いくら自分なりに曲を表現しようとしても、たった一ヵ所の間違いを指摘される。おまけに千秋のようなふざけた奴がポロッと出て来て、やる気を失わせるんだ」

「ふざけた? 千秋先輩が?」

「ピアノ科のくせにヴァイオリンがあんなうまいなんてインチキだよ」

「だって千秋先輩は天才ですよ?」

のだめが弓を拾って、笑顔で峰に手渡す。恋する乙女は妄信的だ。

「一言で片付けんな。どーせ俺はヘタクソだよ、才能なんかねーよ」

「でも、千秋先輩、峰くんの事、ヘタなんて言ってませんでしたよ?」

そんな話、聞いていない。

のだめはニコニコして嬉しそうに話す。

「表現が面白いとか、アンサンブルはダメだけどソロはいいとか。『ああいう奴に限って、ある日突然何かを掴んで急成長するんだよなあ』デスよ!」

「千秋クン……」

自分の知らない所でそんな事を。

「ね、だから練習しましょう。千秋先輩にCD聞かせてもらったんです。ちゃんと合えばとっても気持ちのいい曲ですよ、〈春〉。お花畑のイメージです」

「——やめてくれよ」

峰はパイプ椅子に足をドンと乗せて、いつもの調子でヴァイオリンを握った。

「花畑なんて幼稚なイメージ、ベートーヴェンに失礼だぜ」

「じゃあ、どんなイメージですか?」

「光る青春の喜びと稲妻、かな」

峰龍太郎、完全復活。弓を持つ手にエネルギーがほとばしった。


しかし、世の中というのは実にうまくいかない。

試験当日、峰は大教室前で再試の順番を待っていた。

「のだめがカゼ!?」

「とりあえず持って来たから」

千秋が峰に、毛布でぐるぐるに包んだのだめを押し付けて来る。

「って……こんな死にかけのイモ虫みたいのどーしろって言うんだよ」

「知るか。連れて来てやっただけでも感謝しろ」

「だいたい、なんでそんな薄着《うすぎ》なんだよ、のだめー」

「お、お色気で勝負しようと思って。ゲハ」

けなげと馬鹿は紙一重《かみひとえ》だ。しかしこうなった原因の一端は峰にもある。

「ん? おう、そうか。王子様がキスをしてくれれば治るそーだ」

それで治るなら是非してくれ。キスをせがむのだめに、千秋が顔を引きつらせた。

「……もういい。お前のピアノは俺が弾く」

「一発勝負!?」

峰の腕の中でのだめがガクリと肩を落とした。


音楽は人の心を豊かにし、気持ちをリラックスさせる。脳からα波を発生させるのだそうだ。しかし今の峰には、他の学生の演奏など緊張増幅装置にしかならない。

千秋はのだめの頭を膝に乗せ、聞こえて来るヴァイオリンの演奏に感心を示した。

「へえ、うまいなコイツ。なんで再試なんか受けてんだ?」

「あれはAオケの中村。ドイツに個人留学してて、試験受けられなかっただけだ。くそ、なんでアイツの後なんだよ」

「ドイツだぁ？　絶対負かしてやる」

「負かせるわけねーだろ。こっちは一度も合わせた事ねーんだぞ？」

「フン。少なくとも伴奏は俺の方がうまいぞ」

千秋が鼻で笑う。自信満々の千秋を見ていたら、峰のひがみ根性がまたむくむくと大きくなった。

「いいよな、努力しなくても報《むく》われる奴は。言う事もデカくて」

「はあ？　言っておくけど、俺はヴァイオリンもピアノも三歳の時からずーっとやって来たんだぞ。特にヴァイオリンは大学に入るまでそれこそ朝から晩まで」

「え……」

「血反吐《ちへど》が出るくらい必死にやった。本当は他の楽器も勉強したいんだけど、ピアノはまだ苦手で、だから大学はピアノ科に入った。まあ、かなり真剣にやったからトップにはなれたけど、今は少しサボり気味かな」

「オイ、途中から自慢になってるぞ？　何が言いたいんだ、結局」

「結局――」

千秋の目がここではない何処か遠くを見る。

「俺は指揮者になるのが夢なんだ」

自慢も虚栄もごまかしもない、千秋の素直な気持ちだと分かる、純粋な言葉。

「だからいろいろ勉強してるけど……俺だってまだ何一つ報われてねーよ」

「………」

自分は今まで彼の何を見て来たのか。

自分は今まで音楽に何を見て来たのか。

自分は今まで、自分に何をさせたかったのか。何が、したかったのか。

「次、峰くん」

「！　はい」

「行くぞ、今日はテクニックだとか細かい事は気にするな」

「へ？」

ずっと、テクニックこそがクラシックのように言われ続けて来たのに。

「でも俺さまの音はちゃんと聞いとけよ。あとは適当に、好きに弾いていいから」

千秋に肩を叩かれて、峰の腹の底から笑いが込み上げた。

光る青春の喜びとイナズマ。

峰はスネアを利《き》かせるように〈春〉を弾いた。ピアノ伴奏が耳にするりと入って来る。

（あ……すごい。来て欲しい時に来る。千秋がリードする。すごい安心……）

空を引き裂くようだったヴァイオリンの音が次第に和《やわ》らぎ、雨雲が晴れて行く感覚がする。春の光に透ける新緑に包まれて、一面に花が咲き乱れるようだ。

(気持ちがいい——)

峰は魂を手放して、音の楽しさに身をゆだねた。

＊

千秋に振られ、Aオケはクビになった。

もうここにはいられない。真澄は荷物をまとめて山形へ帰ろうとしていた。

『真澄ちゃんの音楽に対する想いって、そんなものだったんだ』

清良に言われた言葉が胸に突き刺さっている。都会のコンクリートジャングルで、狭い練習室に耐えながら、何故そこまで自分は音楽を続けていたのだろう。

「……春」

何処からかベートーヴェンの〈春〉が聞こえて来る。最初は荒々しく、次第にピアノと絡み合い、互いに高め合うようにまばゆい春を迎えに行く、その心地よさ。

「お花畑」

引き寄せられるまま、真澄が大教室の前まで来ると、のだめが毛布に包《くる》まって長椅子で眠っている。うわ言のように朦朧《もうろう》と呟く言葉はまさにその通りだ。

「……やっぱり、音楽って素晴らしいわね」

温かいものが身体に吸い込まれて、心の傷が内側から癒《いや》されるようだ。

音楽が好きだった。千秋が好きだった。そこには確かに、かけがえのない幸福感があった。

「どこ行くんですか?」

指の長い大きな手が、真澄の服の裾《すそ》をわっしと掴んだ。のだめが彼の抱える荷物を見て、徐々に表情を険《けわ》しくする。

「まだ勝負は終わってませんよ」

「のだめ……」

熱で赤くなった顔で、のだめはニイと笑ってみせた。

IX

「峰! 俺、ゲーム会社の内定出たんだよ。打ち込み系ばっかやっててよかった〜。お前も試験オッケーだったんだろ? 学園祭でやるっつー曲決まった?」

立て続けに話す小林に、峰は手の平をビシッと突き付けた。

「悪いけど、バンドは解散する」

「は?」

「俺はクラシック一本で生きて行く」

峰は我ながらいい笑顔で決めて、小林を置いて再び歩き出した。

前方に千秋がいる。のだめを背負っても、その足取りは彼らしく颯爽としている。

後ろから真澄が追い付いて、一生懸命千秋に話しかけた。

「ち、千秋さま。わたくし、もう少し頑張ってみようかと思います、Sオケで」

「ああ、いいんじゃない？　踊らなければ」

「はいっ！」

今なら峰にも少しだけ分かる。千秋は人を滅多《めった》に褒《ほ》めないが、認める所は素直に認める性格だ。その彼が言うのだから、真澄のティンパニーは、踊らなければ本当にいい演奏だったという意味なのだろう。

真澄が喜んでアフロを千秋の肩に擦り寄せた。

「なあ、Sオケと言えばさ、お前シュトレーゼマンに指揮科断られたんだって？」

「………………」

事実らしい。

「つまんねーよなあ。指揮科に移るなら、お前の卒業も延びると思ったのに。このまだと卒業して、さっさとヨーロッパとかに行っちゃうんだろ？」

「ヨーロッパ！」

のだめと真澄が予想外という顔をするが、普通に考えて、行かない方がおかしい。

「才能もコネもあるんだしさ、留学しない理由もねえもんなあ」

千秋が沈黙と共に足を止める。

「え？　なんかあんのか？」

「…………ねえよ」

「ぎゃひー！」

「うわああん」

「なんだよ、千秋が指揮するオーケストラで演奏してみてーと思ったのによ」

引き止めたところで、彼は行ってしまうだろう。理由がない。

「イッテ！」

のだめに背中から身体を締め付けられて、千秋が痛みに顔を歪《ゆが》めた。

X

一大事だ、大問題だ。のだめは千秋の腕を掴み、大学構内を一直線に突っ切った。

「おい、何なんだ!?」

元はと言えば、昨日の峰の一言である。

のだめは千秋の声も聞かず応接室に飛び込んで、ミルヒーに転科届を差し出した。

「ミルヒーはのだめのお友達でしょう？　千秋先輩、指揮科に入れて下さい！」

「のだめ……」

「お願いしますっ」

のだめは半べそで頭を下げた。

「……わかりました。私の負けデス」

「え？」

「のだめちゃんがチューしてくれたら、千秋の転科を認めましょう」

「ぴぎ」

交換条件なんてずるい。

「全然負けてねーじゃねーか」

「キスなんて欧米ではたいした事じゃないデス。これ 著《いちじる》しく負けに等しい」

「それはまあ……そうか？」

「むきーっ。千秋先輩、なに迷ってんでスか！　たいした事あります！」

のだめは髪を逆立《さかだ》てて吠《ほ》えた。これだから欧州育ちは。

ミルヒーは問答無用で椅子を立ち、唇を尖らせてにじり寄って来る。

「キッスで転科、ノンキッスで無転科」

「離ればなれか……お隣さんのよしみ……」

二つの選択肢は表裏一体ワンセットだ。どっちも嫌だけどどっちも嫌だ。

「ヨーロッパか、チュー……」

「の、のだめ？」

のだめは目を瞑り、足を前に踏み出した。

「おっせーな、あのクソジジイ。全員集合したら練習始めるって言ったんだろ？」

ホールのステージを峰が歩き回っている。

「ていうか酒臭《さけくせ》えんだよ、みんな！」

峰に弓で指されて、真澄を除くSオケのメンバーはますますぐったりとした。

「やっぱり変よ。偽者《にせもの》じゃない？」

双子姉妹の片割れ、クラリネットの鈴木薫《すずきかおる》が美しい眉を顰《ひそ》める。フルートの鈴木萌《もえ》も訝《いぶか》しむ顔だ。

「集まってから毎日合コンしかしてないし」

「コールとかやけに熟知してて」

「うーん、確かに。このオケ、なんかヘタクソそーな奴ばっかり集まってるのよね」

真澄の率直な感想が空気を険悪にして、メンバー同士が疑惑の目を向け始めた。

「あーくそ、息が詰まる！　何やってんだ、あのジジイ」

「もう我慢できない。悪いけど、私帰る」

「俺も。帰ろ帰ろ」

「待ってくださーい！」

解散ムードがホールに広がった瞬間、客席の扉が開いて叫ぶ声が皆を引き止めた。

「練習やります、やりましょー！」

「のだめ？」

「なんだよ、マスコットガールが指揮すんのか？」

「ミルヒーは急病なので、今日はこの人が指揮しまス！」

のだめが扉の向こうから引っ張り出したのは、

「千秋さま!?」

「千秋……」

真澄がバチを放り出し、峰も驚くより嬉しさの方が大きい。

「俺が、オーケストラの指揮!?」

ホールにどよめきと歓声が響いた。

◉第3章◉

I

シュトレーゼマン指揮のマーラーの八番を聞いた時はすごい衝撃だった。

こんなに美しくオケを振る人はどんな人かと思いを馳《は》せた。実物には別の意味で大変な衝撃を喰らわされたが、自分は海外に行きたくても行けない身。転科して彼に指揮を教えてもらわない手はない。

と、決意したのに、転科届は破り捨てられ、門戸《もんこ》は閉ざされてしまった。

鬱々《うつうつ》とする日々、彩子の愚痴《ぐち》に付き合わされて二日酔い続き。その上、のだめ、峰、真澄という三馬鹿がうるさく騒いでいい迷惑だ。

と、思ったら、シュトレーゼマンの代わりにSオケの指揮を託されてしまった。

千秋はのだめを横目で見た。この状況に自分を放り込んだのは彼女だ。

「キスするかと思ったら、いきなり正拳突き《せいけんつ》……」

「だって、ミルヒーが急に飛びかかってくるから」

哀れシュトレーゼマンは今頃、まだ泡を吹いて応接室に転がっているだろう。

「なんで千秋が。あいつピアノ科だろ」

オーケストラには不満と期待が入りまじって困惑を極めている。

「千秋、ほんとに指揮できんのか？」

「余裕でできます！」

「なにが余裕だ」

「ぷぎゃっ」

のだめが千秋の裏拳《うらけん》で横っ跳び。ツッコミに慣れて来た自分が悲しい。

「……曲は何？」

「ベトベンの交響曲第七番です」

ヴィエラ先生の影響で勉強した曲だ。千秋の手に確信が宿った。できる。

峰が立ち上がって弓を振り上げた。

「よーし、まずはチューニングだ。オーボエ」

「待て、なぜ峰がコンマスのような真似を？」

「真似じゃなくて、俺がこのSオケのコンサートマスターだ！」

「えっ、うそ……」

コンサートマスターとは、第一ヴァイオリンの首席が務める楽団のリーダーだ。それが峰だとは、正直いやな予感がする。

「あの～、これ指揮法の授業で使ってるやつなんですけど、よかったら」

「いえ！　私のを使って下さい。少し高級です」

双子の鈴木姉妹に続いて、チェロの井上由貴《いのうえゆき》、挙《あ》げ句《く》は真澄までが指揮棒を持って千秋に詰め寄った。一方で陰口を叩くようにヒソヒソ額《ひたい》を寄せ合う者もいる。

千秋は総譜《スコア》を広げ、両手を叩いてざわつきを鎮《しず》め、オーケストラを一望した。

練習の代打とはいえオケが振れる。こんなチャンスは滅多にない。

「よし、始めよう」

ベートーヴェン、交響曲第七番。〈運命〉や〈第九〉ほどメジャーではないが、スケールが大きく、躍動感溢れる素晴らしい交響曲だ。

胸が高鳴る。千秋はタクトを振り上げて、左の拳《こぶし》と共に振り下ろした。

曲の冒頭、オーボエが美しい旋律を——奏でない。

（うっ……）

重なるクラリネットは千鳥足、ホルンは食あたりでも起こしたような音だ。

ヴィオラは手許をおろそかにして指揮を凝視しているかと思えば、コンマスは指揮をちらりとも見ずに間違い満載で突っ走る。

（何なんだ、このオケは！　ものすごくヘタ！　いくら初合わせとはいえ、こんなに悲しいベートーヴェンがあっていいのか……。あのジジイ、学内中のヘタクソと変わり者をかき集めたんじゃないのか？）

「ストップ、ストップ！」

千秋は曲を止めて項垂《うなだ》れた。どこから手を付ければいいのだ。ひどすぎる。

「なあ、みんな。もっとこう、雄大なカンジで行こうぜ。激しく、気高《けだか》く?」

峰が相変わらずフィーリングだけで物を言う。千秋は彼の後頭部を引っ叩《ぱた》いた。

「何が雄大だ、そんな事を言えるレベルか? おまえ、間違いだらけじゃねーか。コンマスがオケを乱してどうする」

「コンマスみじめ〜」

揶揄《やゆ》する笑いが起こったが、彼らとて言えた義理ではない。

「クラリネット、ピッチ全然合ってねえ! トランペット、大き過ぎる! ホルン、ちゃんと音あてろ! ヴィオラ、一人で音程悪すぎ! お前だ!」

千秋は熱くなってジャケットを脱いだ。まだ言い足りないが、この際、個人のテクニックをとやかく言っても仕方ない。

(せっかくオケが振れるんだ。この素晴らしい曲を俺なりに形にしてみよう)

「じゃあもう一度、頭から」

千秋はしなやかにタクトを振りながら、一つずつ違和感を直して行く事にした。

「オーボエ、高い。クラリネット、合わせろ。ホルン、ピッチ。セカンドクラリネット、プイプイ言わすな。ヴァイオリン、ピアニッシモ」

曲は盛り上がりに届くのに音は悪くなるばかり。イライラする。

「ヴィオラ、ちゃんと指飛ばせ! セカンドヴァイオリン、音鋭く! ——!?」

言った傍《そば》から、耳に泥のような気持ち悪い音が忍び込んだ。

オーボエとクラリネットがパートを入れ替えている。

「……っ」

千秋は指揮台を叩き、指揮を放棄した。ホールが一斉に静まり返った。

指示は無視する、学習能力はない、おまけに馬鹿ないやがらせまで。こんな不快なオケ――

「はーい、そこまで。千秋失格～。みなさん、お待たせしました。主役の登場です」

のだめが連れて来たのか、シュトレーゼマンが手を叩きながら舞台に上った。

「おい、失格ってなんで俺が？」

「君は女の子泣かせた。最低の失格デス」

見ると、ヴィオラの金城静香《きんじょうしずか》が泣いている。しかしそれが何だというのだ。

「遅れてスミマセン！」

その時、客席の方からコントラバスが駆け込んで来た。否、コントラバスを背負った小さな女子学生だ。

「げ、桜《さくら》。またバイトで遅刻か？」

「いえ、今日は休みだったんですけど、電車賃がなくて家から歩いてきたんで」

「歩いてってどっから？」

「中野《なかの》ですけど」

「十キロはあるわよ！」

峰と真澄が彼女に構い、周囲がまたざわめく。このオーケストラには秩序がない。

「おー、これで全員そろいましたね～。それでは始めましょう」

シュトレーゼマンは佐久《さく》桜の遅刻を責めもしない。

「千秋、君は大事なことに気付いてない」

「大事なこと？」

シュトレーゼマンはニイと笑うと、オケに向き直っていつもの調子に戻った。

「峰くん、とりあえずボウイングとか気にしなくていいから、もっと楽しそうな音出して、いつもみたいに」

「はい！」

「ホルンのキミ、一度、洟《はな》かんだ方がいいね」

「は、はひぃ」

「クラリネットのキミ、そのリード替えた方がいいかもよ～」

「はい」

客席の千秋の所からでも分かる。オケの空気が和《やわ》らいでよくなって行く。

「それから、美人の双子のお嬢さん。指揮者にみとれるのはとてもオッケーだけど、色っぽい音よろしくね～」

二人が恥ずかしそうに頷くと、一同から楽しげな笑いが起きる。

「コントラバスのおチビちゃん、準備はいいですか？」

「はいっ」

「それでは、千秋が言ってた通りに、みんなで通してみましょう」

そして振られたタクト。涼やかなオーボエのソロと丸く輪を作るオケの音。踊るように軽やかな指揮。完璧にはほど遠いが『オーケストラ』になっている。

「これ、千秋が言ってた通り、ですか？」

「いや……」

言い訳をするつもりはないがコイツらはヘタだ。リードや体調の悪さも本人の責任だ。でも、あの人が振るだけでオケが鳴り出す。

やはり諦められない。千秋は決意を新たに指揮台を見すえた。

II

「指揮科への転科を認めて下さい」

応接室で出した二通目の転科届は、シュトレーゼマンの手であっさり破られた。

「いいですよ。受け取ってもらえるまで何枚でも出しますから」

千秋は不敵に笑って、何十枚と書いた転科届を見せた。諦めないと決めたのだ。

「……別に転科しなくても私の弟子にしてあげますよ」

「え？」

「キミは結構面白そうだし、ヴィエラなんかの弟子にしておくのはもったいない。でも転科はやめなさい。ピアノは続けた方がいい。その代わり、他の時間は私につきっきりですよ」

「先生……」

いい加減で私欲と煩悩《ぼんのう》まみれのスケベジジイだと思っていたが腐っても講師。さすが世界のマエストロだ。千秋は不覚にも胸が高鳴った。

「よーし、そうと決まったら週末は渋谷にレッツゴー！」

「は？」

「千秋と一緒なら逆ナン狙えます」

前言撤回。ただのスケベジジイだ。

そして、いい加減さの方は次の練習で発揮された。

「次の定期公演に出る？」

「はい。このSオケのデビューです」

「よっしゃー、俺のコンマスデビューだ。Aオケなんかに負けるか！」

峰が張り切って皆を煽《あお》り、オケが声をそろえる。無鉄砲というか無責任というか。

「まあ、別に俺が出るわけじゃないし……」

「それともう一つ、今日からこのSオケの副指揮を千秋にやってもらいます」

「えっ!?」

「そういうわけだから千秋くん、タクトに総譜《スコア》。指示はコレに書いてあります。私はこれから同伴あるので、あとはよろしくと言ってます」

声を潜めて、シュトレーゼマンが千秋に渡したのは、楽譜とキャバクラのチラシ。

「待って下さい！　僕たちは先生の指導を受けたくてこのオケに参加してるんです」

「私はAオケも指揮科も見なければならない身。このオケばかりに構っていられないのです。誰一人欠ける事なく頑張って下さい」

シュトレーゼマンは一方的に言うと、さっさといなくなってしまった。

「なんで俺が副指揮……。どういうつもりだ、あのジジイ」

「まあまあ、そう深く考えるなって。これで堂々とオケが振れるじゃねーか」

「千秋さま、よかったね～」

峰と真澄はやけに嬉しそうだ。

「お前らは浅くていいな……」

千秋は違う方向への諦めを覚えた。

直接教えてもらえないならば、見て覚えるのがセオリーだ。シュトレーゼマンを見習い、怒鳴るのを極力抑《おさ》えたその日の練習は、前回よりスムーズに終わった。

だが、音はまだまだひどい。

これからどう直せばいいのか不安が重くのしかかる。

「千秋せんぱ～い」

のだめの能天気な声が千秋の苦悩に割り込んで、穏やかな休息を粉砕した。

「お疲れさまです。はい、タオルとレモンのハチミツ漬け。それとー、好きです」

「いっ!?」

「ちょっと、なによあんたそれ。野球部のマネージャー?」

「南ちゃんでっす」

のだめが恥じらうように蹴った小石が、真澄の額に命中。彼は激怒してのだめの頬を摘《つま》んで左右へ引っ張った。

「なにが南よ！　殺すわー、今日こそ殺す！」

「ムキャー」

「アハハ、俺も入れてよー」

峰が楽しそうに二人にまざった。渡されたタッパーには、確かにハチミツにレモンが漬かっている――丸ごと。のだめの感性と料理の腕は相変わらず独創状態だ。

「あの、千秋さま……あ、千秋くん。ここのフレーズがうまく吹けないんだけど」

「え……」

振り返ると、双子の萌と薫が緊張した面持《おもも》ちで立っている。

「この前、シュトレーゼマンにも聞いたんですけど、ほっとかれてて」

師の尻拭《しりぬぐ》いも弟子の仕事というわけか。

「そうだな、ここは周りの音に釣られやすいから、自分の中でリズムをキープして」

「あの、千秋くん。私も相談なんだけど……」

「俺もー。ちょっと質問」

萌と薫に答えたのを皮切りに、Sオケのメンバーが我も我もと手をあげる。千秋を囲んで詰めかける中には、あの音を入れ替えていやがらせした玉木《たまき》と橋本《はしもと》もいた。腕が伴わないだけで、彼らも音楽には熱心らしい。

ところが相談は、音楽だけに、それどころか大学にいる間に留まらなかった。

『だからさー、親は就職してくれって言うんだけど、俺は音楽続けたいんだよね』

「知るか！　そんな事まで俺に相談するな！」

千秋は夜の通学路で声を張り上げて携帯電話を切った。と、またベルが鳴る。

『あ、千秋？　俺、クラリネットの玉木だけど。お前、鈴木薫ちゃんの事どう――』

千秋は即、電話を切って、逃げるように部屋に駆け込んだ。

「クソ。だれだ、俺の電話番号回したのは。俺は子供相談室か!?」

〈ピンポーン〉

逃げ切ったと思ったら、今度は部屋のインターホンが連打される。

「……とどめはのだめか」

静寂と自由は最大の財宝である。ベートーヴェンの名言を誰か彼女に教えてやってくれ。千秋はうんざりしながら玄関のドアを開けた。

小さな女の子が、いる。

裾が擦《す》り切れた服を着て、手には空《から》のお茶碗とお箸。

千秋はドアを閉めて溜息を吐いた。幻か。

「疲れてんな、俺」

「先輩！　のだめです。開けて下さい！」

「のだめ……？」

今度はドンドンと必死にドアを叩かれて、千秋は再び廊下に出た。

のだめと、小さな女の子が並んでお茶碗を差し出して来る。

「ごはん恵んで下さーい」

二人の腹が悲しい音を立てた。よく見ると、小さい方はコントラバスの桜である。

「……これも副指揮の仕事なのか？」

千秋は肩を落として、のだめと桜を中に招き入れた。


「うわ～、すごい。パスタにスープにサラダまで！」

「スープはインスタント。いつもより手抜きですね。のだめとスーパ行かないから」

「それが恵んでもらう者の言い種《いいぐさ》か」

「ぎゃぼっ」

千秋はフライパンでのだめの頭にスマッシュを決めた。

「のだめちゃん、いつも千秋先輩にこんなすごい手料理を？」

「はい、愛情たっぷりの」

「入ってねえ、そんなものっ」

千秋はのだめの首を摑んで、いっそ絞《し》めてやろうかと思った。が、

「いただきまーす」

言ったかと思うと、一口でパスタ一人前百グラムが桜の小さな口に吸い込まれる。

千秋ものだめも驚いてしまって、彼女と空の皿を見比べた。桜は満足そうな笑顔だ。

「はぁ……こんなに具の入った豪華なパスタ食べたの何年ぶりだろう」

「豪華って、残り物の野菜を入れただけだぞ」

「野菜が残ってるなんてすごいです！　うちなんて、明日の米も危ういのに……」

「え？」

「お父さんの会社がうまくいってなくて、借金もあるらしいんです」

「借金！」

「お母さんもパートに出てるんだけど追い付かなくて。音大って普通の大学よりお金かかるから私も学費だけでも稼がないと。だからコントラバスの練習ができなくて、みんなとどんどん差が……。私このままじゃSオケにいられない！」

桜は顔をぐしゃぐしゃにして、フォークを握り締めたまま泣き出した。

遅刻とミスの多い桜が一部に厄介《やっかい》がられているのは、千秋も薄々知っているが。

「そんなの、もっと練習すればいいだけだろ」

「だからバイトで時間がなくて」

「じゃあ、バイトやめたら？」

「バイトやめたら大学に通えませせん！」

「じゃあ、大学をやめたら？」

「え……」

桜の表情が固まる。代わりに、のだめが立ち上がって千秋に抗議した。

「なんでそーなるんですか！」

「だって、学費のために練習する暇がないなら、大学行く意味あんのか？」

「ありますよ！　恋とか出会いとかときめきが」

のだめの意味不明な主張は無視だ。

「まあ、うまくなりたくないなら今のままでもいいとは思うが」

「うまくなりたいです」

「そうか？　今ここで泣いてる暇があったら、練習しようと思わない奴はダメなんじゃないのか、すでに」

「千秋先輩！」

「……、……おじゃましました」

桜が頭を下げて部屋を出て行く。

「先輩の鬼！　悪魔！」

のだめは食べかけの皿を取ると、千秋をギッと睨んで桜を追いかけて行った。

翌日の練習に、彼女は来なかった。

III

コントラバス一人の欠席より、千秋には大きな難問がある。

「第二楽章、シュトレーゼマンの指示はまだなしか」

総譜《スコア》は真っ白、携帯は繋がらない。残された手がかりはキャバクラのチラシのみ。

そこに行く以外、千秋に選択肢は残されていなかった。

シュトレーゼマンは、きらびやかな店内で女性をはべらせて笑っていた。中の一人はどうやら従業員ではないらしい。

「マエストロ、今日のところはそろそろ……私も仕事に戻らないと」

「私の指揮する定期公演、特別におたくの雑誌取材入れても構いませんよ」

「フルーツ特盛り、メロン夕張《ゆうばり》！　ほら、チンタラしないで持って来い！」

連れの女性は豹変して黒服に駆け寄った。スポンサーまで付けてるのかこの男。

「ジジイ」

「！」

「あんたは本当に毎晩毎晩こんな事してたのか」

「千秋こそ、こんなところ来ている場合ですか？　レベルアップどころか、メンバーが一人来ていないそうですね。そんな状態で私に引き渡すつもりですか」

「それは……」

　千秋とて分かっている。千秋はまだSオケをうまく鳴らせない。だからこそ、美しくオケを振る世界の指揮者に教えを乞《こ》いたいのに。

「きゃー、かわいい～」

「へ？」

「美青年～！　ミルヒーの知り合い？　ねえ、なに飲む？」

「いや、俺はジジイに指示を……」

　女性の細腕とは思えない。綺麗に着飾ったキャバ嬢たちに引き摺られて、千秋はソファに拘束された。全員で千秋を取り囲んで逃がさない。

「おじさんばっかでつまらなかったのよね～」

「はい、あーん」

　酒とフルーツを口に押し込まれて、こんな所まで来たのに得た物はゼロだった。

　努力が徒労に終わる、この虚しさと言ったらない。千秋は帰るなりソファに倒れ込んだ。と、すかさずインターホンが鳴る。

　ドアを開け、そこにいたのは案の定、のだめだった。

「鬼で悪魔の俺さまになんの用だ？」

「お……お風呂貸して下さい」

のだめは着替えとお風呂セットを持ち、しおらしく肩を竦《すく》めている。

「なんで風呂？　お前の部屋にもあるだろう」

「ガス止められちゃって入れないんです！　仕送り明日で払えないし」

「じゃあ、明日まで我慢しろよ。どうせいつも臭《くせ》えんだから」

「もう限界なんです！　かゆくてかゆくて」

掻《か》きむしったのだめの髪から、フケが雪のように舞う。千秋は顔を引きつらせた。

「水で洗え！」

「シャンプーもないんです！」

「なら、石鹸で洗え！　いちいち俺を頼るな！」

千秋はドアに鍵をかけ、のだめを外に締め出した。

か細いのだめの声が聞こえる。

「先輩みたいな人にはわからないんです。このかゆさも、この悔しさも、石鹸で……台所洗剤で洗った髪がどんな事になるのかも」

「台所洗剤？」

「ショパンやベトベンだって貧乏をなめつくして大きく成長していったのに――よく知らないけど。先輩は貧乏を知らなさすぎです！　そんな人に本当の音楽やベトベンがわかるのでしょうか!?」

「俺が貧乏を知らなさすぎ？　し、知ってるよ」

寒空の下でマッチを売る少女。大聖堂で犬と共に倒れた少年。その悲しい最期。

千秋は貧乏のわびしさに負けた。


「忘れ〜ないよ〜この道を〜、パトラッシュと歩〜いた〜」

バスルームからのだめの鼻歌が響いて来る。

「やめろ、その歌……」

涙で視界が歪《ゆが》む。千秋はクッションを抱え込み、両手で耳をふさいだ。

（ガスが止められるなんて、あるんだな現実に）

ふとのだめの荷物を見ると、銀色のロケットがかかっている。中に入っていたのは自分の写真。千秋は即それを破壊しようとして、別の物に目を引かれた。

ボロボロになったコントラバス教材だ。開くとびっしり書き込みがされている。

「…………」

『バイトやめたら大学に通えません！』

桜は訴えかけるように言っていた。

「はー、いいお湯でした。ありがとうございました。——あ、それ桜ちゃんがのだめの部屋に忘れていったんです。……どうしたんですか？　先輩」

「俺は今まで学費や生活費の心配なんてした事なかった。音楽ができなくなるなんて考えた事もなかった」

　知らなさすぎだと言われても、仕方がないのかもしれない。

「先輩……そだ！　先輩に最新刊と最新号の面白い漫画貸してあげますから、元気出して下さい。ほら、カズオも出たんですよ」

　のだめは明るい声で千秋を励ました。次々と漫画を並べながら、キャラクターパペットの新作を動かしてみせる。本のタイトルは脱力するロゴで『プリごろ太』。

「なにがショパンだ、ベートーヴェンだ……。こんなもんばっか買ってるから貧乏なんじゃねーか！」

「ぎゃぼーっ」

　千秋は漫画と雑誌の波状攻撃でのだめをテーブルに撃沈させた。

IV

「ちょっと話をするだけなのに、なんでわざわざ家まで行かなきゃなんねーんだ」

「だって桜ちゃん携帯もってないし、家の電話も止められちゃってるし」

「原始だな」

「でも、先輩改心したんですねー。桜ちゃんに謝りに行くなんて」

「謝りに行くんじゃねーよ！　オケの練習サボるなって言いに行くだけで……このまんまじゃ俺の責任にされるからな、仕方なく」

「ふぅーん」

「その顔やめろ！」

口を尖らせたのだめを睨んで、千秋は先を急ごうとした。

「おーい、早くしろよ」

「千秋さま、こっちですよ」

声に顔を上げると、前方に峰と真澄がいる。待ちくたびれたような口振りだ。

「真澄ちゃんたち、なんでここにいるんですか？」

「抜《ぬ》け駆《が》けしようったってそうはさせますかってのよ！」

「言っとくけど、練習サボる奴の気持ちなら俺の方がわかるんだからな」

真澄がのだめを牽制《けんせい》し、峰の表向きはコンマスとしての副指揮者への対抗心だ。

「行きましょー」

四人は気恥ずかしい笑みをお互いに隠して、一路、桜の家を目指した。

この数日で、千秋は現実に貧乏を認識、学習したつもりだった。しかし、世の中にはまだまだ千秋の理解を越えた世界があるらしい。

「この家？」

中野、桜の自宅住所にあったのは、中世の古城を思わせるような豪邸だった。

「娘は朝からバイトに行ってましって。すみませんね」

父親に通された家の中も、きらびやかな調度品に囲まれていた。ただし、全ての家具に差押《さしおさえ》物件封印票と書かれたシールが貼られている。そして出されたのは水道水。

「失礼ですけど、お父さんの仕事はいったい……」

「あー、僕は輸入家具の会社を経営してましてね。まあでも最近は不況で、こういった高級品はなかなか売れないいんだよね」

「御家庭の事情はお察ししますが、ちゃんと学校に来るよう桜さんにお伝え下さい」

いないのでは仕方ない。

千秋は言付《ことづ》けを頼んでソファを立ち、三人を連れて帰ろうとした。

「ちょっと待った！　君たち学校ではなんの楽器を？」

「は？」

「私はピアノです」

「私はティンパニー。こちらの方はピアノと指揮をやってます」

「……そうか、ヴァイオリンじゃないんだ」

佐久《さく》父はあからさまにがっかりしている。当然、そこに峰がおどり出た。

「コンマスですけど、なにか？」

「おおー、そうなの！　だったらぜひ、見てもらいたいものがあるんです！」

佐久父は喜び、リビングのピアノの鍵盤を叩く。

〈ドファミ、ド・ド〉

弾いた瞬間、地響きが家を揺らし、壁の一部が左右に割れて通路を出現させた。

「どうぞ、僕のコレクションルームへ」

古城の次は忍者屋敷か。案内されて、おそるおそる通路を進むと、ほどよく乾燥した涼しい部屋に出た。

そこに並べられたヴァイオリンの数々。専攻でなくとも驚くだろう。

「すげぇ！　ストラディヴァリ、アマティ。二億、六千万の名器がっ」

「やっぱわかる？　ガルネリ・デル・ジェスも欲しいんだけどね〜、三億の奴」

峰と一緒になって、佐久父ははしゃいで熱く語り始めた。

「どうだい、美しいだろ。ヴァイオリンは十六世紀の半ばに突如として現れた時から、この姿なんだ。奇跡のような楽器だよ。音色《ねいろ》聞いてみる？　驚くよ〜」

彼はヴァイオリンを徐《おもむろ》に一本取り上げ、顎《あご》に挟《はさ》んで弦に弓を当てた。

驚いた。

鼓膜が痺《しび》れて痙攣《けいれん》する。ひどい、楽器への冒瀆《ぼうとく》だ。

「あはは、実は全然弾けないんだ。君、弾いてみてくれる？」

「アホかあんた！　弾けないのにこんなコレクション？　そんで貧乏？」

「そうよ、借金あんならそれ全部売って来なさいよ」

峰と真澄は言いたい放題だ。しかし、佐久父も負けてはいない。

「これはっ、僕がずーっと命より大事にしてきたコレクションなんだぞ！」

「――娘より大事ですか？」

千秋は黙っていられなくなって、気付いたら口に出していた。

「娘が音楽を勉強したいと言っているのに、なんでこんなもののために……」

桜は大学を、音楽をやめたくないと言ってあんなに泣いていた。

「音楽好きならわかるでしょう。娘が音楽を続けたいっていう気持ち」

「……っ、僕はヴァイオリンが好きなんだ。コントラバスなんて地味で音程が不安定な楽器。僕だって……いつかこれを桜が弾いてくれるのを楽しみにしてたのに」

「お父さん！」

「桜ちゃん」

部屋に桜が飛び込んで来た。話を聞いていたのか、目には涙が浮かんでいる。

「私はコントラバスが好きなの！」

「なんでヴァイオリンじゃダメなんだ」

「だって、コントラバスの方が大きくてかっこいいから！」

沈黙。

「え、それだけ？」

「私もっと勉強したいの。もっと練習して、もっともっとうまくなって、いつかプロの演奏家になりたいの！　できればウィーン・フィルの楽団員になりたいの」

桜が懸命に頭を下げる。若干《じゃっかん》大き過ぎる夢だが、音楽が彼女を導いているのだ。

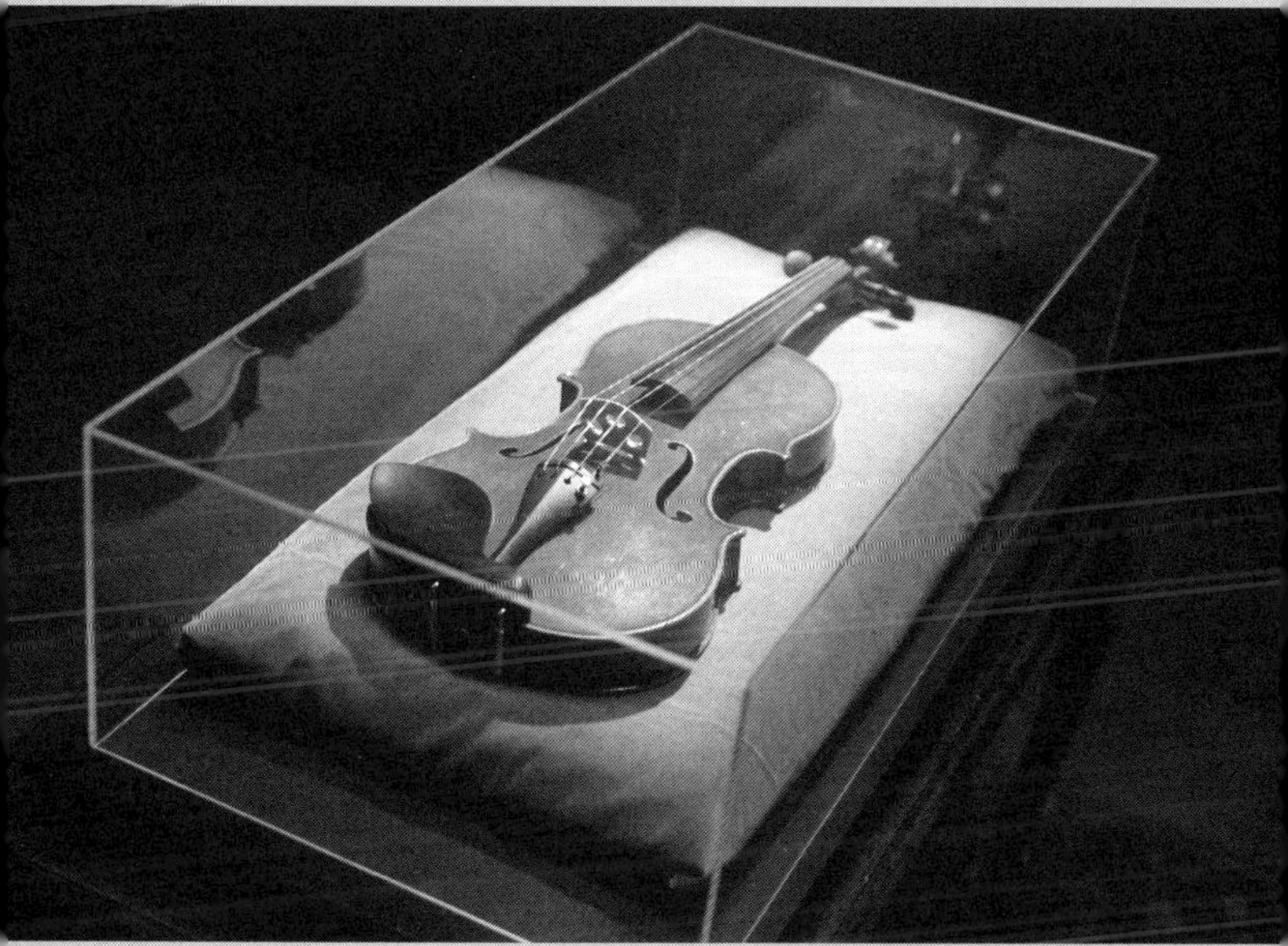

佐久父が迷っている。

千秋は佐久父と、自分の意外なお節介焼《せっかいや》きに溜息を吐いた。

「お父さん、何千万のヴァイオリンより、娘さんの学びたいと思う気持ちの方がよっぽど価値があるんじゃないですか？　それがなければいくらお金があったって」

佐久父は黙り込んで、手の中のヴァイオリンと、桜をじっと見つめていた。

V

「すごーい！　桜ちゃんのお弁当！」

翌日、桜がレッスンに持って来た重箱には、山海の幸《さち》をそろえ、見目《みめ》にも鮮やかな料理が詰め込まれていた。のだめがよだれを垂《た》らして飛びついた。

「お母さんがみんなにお礼にって。お父さんがヴァイオリンを売ったおかげで生活も元に戻ったし、会社まで立ち直っちゃったんです」

「え、会社まで？」

「なんかあの中に呪いのヴァイオリンがあったみたいで、それでお父さんも正気に」

貧乏は奥が深い。

コントラバスを弾く桜は、嬉しそうなだけではなく腕も確実に上達していた。

「これ……休んでる間のボウイング変更、写す？」

「あ、ありがとう」

桜をお荷物のように扱っていたコンバス隊の岩井《いわい》が、進んで彼女を迎え入れる。桜が休んでいた間よりも、オーケストラの空気が確実によくなっている。

(あ……)

誰一人欠ける事なく——シュトレーゼマンはそう言っていた。君は大事なことに気付いていない、と。

(オーケストラにはいろんな人間がいる。プロオケともなればそれこそ、いろんな国の演奏者が、いろんな事情を抱えてやって来る。マエストロはそれを俺に伝えようとしていたのか?)

千秋はシュトレーゼマンがSオケを振った時の空気を思い出した。

「あ、ミルヒー」

のだめの声に振り返ると、シュトレーゼマンが練習室のドアの前に立っていた。

あの人はきっと、音楽を、人を尊敬して、それが自分に返って来る。

あれが、本物のマエストロなんだ。

千秋は敬意をこめて、タクトと楽譜を彼に差し出した。

「お願いします」

ところが、シュトレーゼマンはそれを冷たく撥《は》ね除《の》けた。

「宣誓!　私はSオケを脱退し、Λオケに専念する事をここに誓いマス!」

「ええーっ。な、なんで?」

「Sオケには私に劣るとも優《まさ》らない千秋という素晴らしい色男、もとい指揮者がいるではないですか」

「待って下さい、どういう事ですか」

千秋が詰め寄ると、シュトレーゼマンはその倍の眼力で睨み返して来る。

「ま、まさか、こないだのキャバクラの事、恨んでるんじゃあ……」

「当然恨んでマス！　貴様は私のハーレムを土足で踏みにじった。絶対許しません」

「ハーレム？　おい、千秋。なんの話だ？」

「浮気したんですか!?」

「とにかく！　私はAオケ、千秋はSオケ。来週の定期公演で勝負です！」

シュトレーゼマンは挑戦状を叩き付けると、学生達を置いて出て行ってしまった。

残されたオケは戸惑《とまど》うばかりで、うろたえている。

「もしかして、見捨てられたんじゃない？　私たちヘタだから……」

言い返せるメンバーはいない。

重い沈黙の中で、立ち上がったのは桜だった。

「でも、私はこのオケやりたいです！　初めて選ばれたんです、オーケストラ」

「そういえば、私たちも四年間で初めてよね」

「このまま卒業するのは嫌です」

「薫さん、俺も！」

「私もSオケやりたい」

メンバーが次々立ち上がる。そして、極め付け、

「千秋さまのオーケストラ、やらない理由がないじゃない」

「よっしゃ、今日からSオケのSはスペシャルのSだ。みんなで打倒Aオケ、打倒シュトレーゼマンだ！」

「オーッ！」

真澄と峰が、完全に皆を乗せてしまった。

「……俺が、このオケの正指揮者？」

愕然とする千秋を放って、オケの熱は天井知《てんじょうし》らずに上昇し続けた。

VI

何を考えている。AオケとSオケでは勝負になるわけがない。それどころか、自分は本当にあのオケをまとめる事ができるのか。

千秋は溜息を吐いた。その隙を突いて、のだめが唇を尖らせて近付いて来る。

「さ、勉強勉強」

千秋はさっと身を翻《ひるがえ》し、床の総譜《スコア》に手を伸ばした。

「ほげー」

（チャンスだと思おう。どんなに優秀でもオケを振れない指揮者はたくさんいる。し

ょぼいオケでもシュトレーゼマンの代理。俺が、鳴らせてみせる）

だが、正指揮者としての初日で、千秋は希望の出端《でばな》を挫《くじ》かれた。

「なんだ、お前ら……その格好は」

昨日までは普通だったオケのメンバーが、全員黒いTシャツを着ている。

「作ってみました、SオケTシャツ！」

「千秋さまの分もありますよ。指揮者用にはほら、バックプリントもありますから」

峰と真澄の無駄な元気。千秋の頭を不安が掠《かす》めた。

経験上、その類《たぐい》の不安は的中する。

峰の不吉なアイコンタクトには気付いていた。次の瞬間、ヴァイオリンが一斉に楽器を上へ掲げ、奇妙なポーズで弾き出した。

「ストップ、ストップ！　お前ら、なにやってンだ、そのヘンな動き！」

「カッコいいだろ？　ちょっとロックのテイストを入れてみたらどうかと。みんなに言って練習してきたんだ。このジミヘンみたいな弾き方、最高だろ」

峰はヴァイオリンを振り上げて、うっとりと自分に酔っている。

「やっぱこれからの時代、オケも魅《み》せねえとな」

「ふざけんな！」

千秋はタクトで峰の金色の頭を引《ひ》っ叩《ぱた》いた。

「そんなパフォーマンスする前にちゃんと弾け！」

「なんでだよ。曲の世界観を全身で表現してなにが悪いんだ？」

「音で表現しろ、音で！　それにこのベト七はな、〈田園〉や〈英雄〉と違って曲に表題がないんだよ。勝手に物語やイメージをつけるな」

「けど七番ってなんか偉大すぎるっつーか、とっつきにくいっつーか、これくらいやんねーとつまんねーよ」

「は？　つまんないだあ？」

あまりに主観的な峰の言葉に、思わず千秋の目許が痙攣する。

「確かにな、普通にやってもAオケには勝てねーしな」

「だろう？　みんな冒険しようぜ！　ロックなオケ、これ最強」

橋本の賛同に気をよくして、峰は皆を盛り上げてしまう。

「じゃあ、管《かん》もなんかやろーぜ」

オケ全体が浮ついた空気で騒がしくなる。千秋は苛立つ手を譜面台に叩き付けた。

「時間がないんだ！　いちいち口ごたえするな。全体の音は俺が聞いてるんだ、俺の求める音楽を鳴らせ。峰、これ以上邪魔するならコンマス降ろすぞ」

「ひっ!?」

「チェロ・コンバス！　フェルマータ前四小節、音程が悪い。ヴィオラ、一人だけ弓違う！　オーボエ、クラリネット！　ヘビ使いかお前らは、しめ殺すぞ！」

音で勝てないからパフォーマンスで勝負するだと。馬鹿げている。

「みんな偉そうにつべこべ言う前にちゃんと音を鳴らせ。譜面通り、正確に、作曲者の意思は絶対だ！」

譜面通り、正確に。たったそれだけの事がどうしてできないのだ。

「千秋さま」

「ちょっと丸くなったと思ってたのに……」

（定期公演まであと一週間。なんとかしなくては）

焦りが千秋の足許から水位を上げて、彼を飲み込もうとしていた。

Ⅶ

定期公演のチラシが構内の各所に貼られた。

『世界の巨匠　シュトレーゼマン指揮　Ａオーケストラ』

ミルヒーの顔が紙面をでかでかと飾り、そのスミの方にＳオケの告知がある。

「ほえ～、すごーい。でも先輩の写真小さい……」

せっかくの格好いい顔がもったいない。のだめがチラシを見ていると、何処かで見た事のあるようなないような学生がリハーサル室の扉を開けようとしていた。

「あ、ダメです。ホールに入っちゃダメ！」

「なんで？　ちょっとリハ観るくらい、いいだろ？」

「ダメです！　千秋先輩が誰も入れるなって」

「千秋だぁ？　なんだあいつ先生じゃあるまいし。なんの権限があってそんな事」

学生は眉をつり上げて、ブツブツ文句を言っている。余程《よほど》、中が見たいらしい。

「……わかった。あなたＡオケのスパイですね」

「ス、スパイじゃねえ！」

「スパイはみんなそう言います」

「俺はＡオケの人間じゃねえ！　俺さまは指揮科の大河内まも――あべしっ」

瞬間、リハーサル室の扉が勢いよく開いて、大河内なんとかと名乗りかけた学生が横っ跳びに吹き飛ばされた。

「もうイヤ！　私もう耐えられない」

「待って、静香ちゃん。千秋さまに怒られてるのはあなた一人じゃないのよ」

静香が泣きながら長椅子に崩れるのを、真澄が追いかけて来てなだめている。

「うわぁぁぁん！　千秋のばかァ！」

「峰くん待って、逃げちゃダメ！」

今度は峰まで。追いかけて来た桜もぐったりしている。

「コンマスが逃げ出してどーすんのよ」

「今日はもう終わりだってよー」

「くっそー、千秋のやつ。あいつは鬼だ」

「なぁ、みんなでボイコットしてやるか？」

オケのメンバーが廊下に溢れ出して、泣くわ、わめくわ、怒るわの阿鼻叫喚《あびきょうかん》だ。

「千秋の奴、随分《ずいぶん》オケに嫌われちゃって。シュトレーゼマンにオケを任せられるくらいだからどんなにすごいかと思えば。これじゃあ、指揮者失格だな」

「しっかく？」

「指揮者はまず人間性。千秋真一、おそるるに足りず！　定期公演が楽しみだぜ」

大河内は嫌味なくらい嬉しそうに笑いながら、のだめの前を立ち去った。

「人間性……」

「大変みたいね」

綺麗な人が真澄に話しかけるのが聞こえた。のだめの記憶が間違いでなければ、Aオケのコンサートミストレス、三木清良だ。

「いいわね。Aオケは順調そうで」

「うーん、あんまり練習は見てもらえないけど。そんなにひどいの？　Sオケ」

「もうドロドロの泥だんごよ。ねぇ、龍ちゃん。まさかみんな本気でボイコットしたりしないわよねぇ」

「知らねーよ！　俺だってあいつに腹立ってンだ」

峰が拗《す》ねて二人に背を向ける。清良は首を傾げてヴァイオリンを持ち直した。

「ふぅん。ま、せいぜい頑張って」

「それだけ？」

「たったの一言かよ。冷てー女だなあ」

「じゃあもう一言だけ。指揮者が辛い時に手を差し伸べてあげるのがコンマスの仕事だって、私は思うけど」

清良は踵《かかと》を鳴らして通り過ぎて行く。

峰の手がヴァイオリンと本を握る。『初心者のためのオーケストラ入門』。図書館のラベルの付いた本は読み古されて表紙の角が擦《す》り切れていた。


一方の千秋もひどいドロドロの泥だんごだった。家でも四六時中楽譜を広げて、端整な表情はすっかりやつれている。

「あの～」

のだめがキッチンから顔を出すと、千秋は飛び上がるほど驚いて目を剥いた。

「どっから入って来たんだ、お前！」

「ごはん忘れているようなので。食べないと、からだ壊しちゃいますよ」

のだめはトレイいっぱいのおにぎりをテーブルに置いた。

「い……いくつ作ったんだ？」

「のだめ、おにぎりは失敗した事ないんです」

ちなみにのだめが六個なので、千秋は十二個の計算だ。米がピカピカ光っている。

「失敗って……しないだろ、普通」

「そだ、食べながらビデオでも観ませんか？　大好きな映画持って来たんです」

「はぁ？　映画？」

「千秋先輩、行き詰まってるみたいだし。いい気分転換になるかもしれないですよ」

のだめは鞄からビデオテープを取り出して、デッキにセットした。再生。

『プリごろ太。宇宙の友情大冒険』

「わー、始まった始まった」

のだめは拍手した。何度観ても楽しい、のだめの愛アニメ、プリごろ太である。

「知ってますか？　知ってますよね、プリごろ太」

「知らねーよ」

「いつもゴロゴロして、やる気のない小学生ごろ太が、ピンチになると、宇宙の妖精プリリンの魔法に頼るという複雑なお話です」

「単純だろ」

「今回はプリリンの魔法で宇宙旅行に行く事になるんですけど、例のごとくいじめっ子のカズオくんたちまでついて来る事になっちゃうんです」

『さっき渡した宇宙アメ、一粒で一時間よ。なめなきゃ死ぬわよ』

プリリンの魔法道具登場。これのお陰で彼らは宇宙服を着ないでいられるのだ。

ところが後半、不運にもカズオが宇宙船から飛ばされそうになる。

『ぎゃ～！』

2
ぷりごろ太

『どうしよう、カズオくんが飛ばされちゃう。助けなきゃ』

『でもヘタをすると私たちも宇宙のもくずよ』

『ミイラ取りがミイラですか』

『ごろ太さん。彼がいなくなれば、もういじめられる事はないのよ』

リオナちゃんはわりかし現実主義だ。

『でも、カズオくんはさっき、僕に宇宙アメをくれたんだ！　あの時、カズオくんが教えてくれなければ、僕は死んでた！』

ごろ太は勇気を振りしぼって、宇宙船のパイプにしがみつくカズオの手を取った。

『ごろ太、今までゴメンな』

『いいんだ、カズオくん。僕、宇宙に来てわかったんだ。人間は一人じゃ生きられないって。愛と友情がなきゃ生きられないって』

「はううぅー、何度観ても感動です～」

のだめは涙を堪《こら》えきれず、ごろ太とカズオの人形で感動の踊りを表現した。

「ね、先輩もわかりますよね？　カズオの気持ち。似たもの同士！」

「何が似たもの同士だ、ふざけんなっ」

「ギャブー」

奪われたカズオ人形がのだめの後頭部に直撃、隕石《いんせき》落下の衝撃になぎ倒された。

「ほら、カズオ」

「殺すぞ！」

「それがまたカズオ」

「なにが言いたいんだ、お前は！」

「ぎゃぼーっ」

今度は奪われたごろ太人形が、流れ星となってのだめを強襲した。

Ⅷ

なんで俺がカズオなんだ。

定期公演まであと三日。このままでは間に合わない。焦りと裏腹に足取りは重い。

千秋が練習室へ入ると峰が皆の音を止めて、神妙な顔付きで千秋を出迎えた。

「今まで……邪魔して悪かった」

「え？」

「私たち、ちゃんと練習して来ましたから」

真澄に続いて皆が楽器を手に頷く。その眼差しはどれも真剣だ。

「わかった。じゃあ、頭から始めよう」

彼らの変化は、タクトを振り始めてすぐに分かった。

（すごい、できてる。ゴミみたいだった音が、チェロ・コンバスも、ホルンも、今日はみんな弾けてる。俺の指示通り、譜面通り）

音は正しく刻まれて重なり合い、弦の弓使いも管の音程も申し分ない。

（でも……なんだコレ？　音が少しずつ、微妙にずれてゆく）

身体に溶け込まない音、タクトだけが音に取り残されている。

（みんな指揮を見ていない――）

飛行機で自由が利《き》かないより、海に閉じ込められるより、途方もない違和感。果てしない真空の宇宙だ。

キモチワルイ。

「千秋！」

タクトを落とし、口許を押さえて崩れそうになる千秋の腕を、峰が咄嗟《とっさ》に立ち上がって摑み止める。その、しっかりと握られた手。

（あ……宇宙アメ……）

練習室の入り口に駆け付けたのだめが見えて、それも次第に朦朧《もうろう》とぼやけた。

IX

「あっ、千秋先輩！」

「千秋さま、生きてた」

のだめと真澄の声を聞いて、千秋は自分がベンチに横たわっている事を理解した。

「そうか、俺……。大丈夫、ちょっと音に酔っただけだ」

「ゴメン！　譜面通りにやろうって楽譜見るのに必死で、指揮見るの忘れてた」

あの違和感はそういう事か。

夕焼けの中で、頭を下げる峰の拳《こぶし》が震えている。

「あいつら、ほんとはお前の要求に応えたいって思ってるんだよ」

「とにかく今日はお休みになって。あとは私たちで練習しますから」

オケを峰と真澄に任せて、千秋はまだふらつく頭で家に帰るしかなかった。

（今日の練習、指揮を見ていなかった事は別にして、みんなちゃんと弾けてた。でも何かが違う。あれが俺の求めていた七番？）

霧がかかったような千秋の耳に、その時、ピアノの音が飛び込んだ。千秋の部屋で、のだめがピアノを弾いている。曲は、ベートーヴェン交響曲第七番だ。

「お前、七番覚えたのか？」

「だって毎日Sオケ聞いてましたから。これ、いい曲ですよね。いかずち、どっきゅーん！」

「デタラメじゃねーか」

「落雷、大雨、泥棒泥棒泥棒泥棒お～」

「どーゆー曲だよ」

相変わらず滅茶苦茶だが、すごい。口を尖らせて歌うように、あの時と同じだ。のだめと二台ピアノを弾いた時に分かった。

真澄の飛び跳ねながらのティンパニー、音は最高だった。

峰の伴奏をした時にも感じた。

シュトレーゼマンの指揮で演奏した時のSオケにはあった。

沸き上がる、はしゃぎまわる、せまってくる。純粋で、計算のない個性。

(そうだ……あいつらみんな『のだめ』なのか……)

何故、マエストロは彼らを選んだのか。何故、峰がコンマスなのか。何故、Sオケに表題のない曲が与えられたのか。

千秋は、のだめが奏でる伸びやかで心地よい曲を聞き続けた。


「えーっ、演奏を全部変える!?」

「悪いけど、今までのは忘れてくれ」

「いや、忘れろって。公演は明日だぞ?」

「だから今日一日でやり直す」

「そんな……やっとなんとかまとまってきたのに」

オケに動揺が広がる。互いに顔を見合わせ、不安げに千秋を見上げる。

「ごめん。俺のせいで振り回して」

千秋が謝ると、練習室は一気にシンと静まり返った。困惑だけがなくならない。

「でも、もっと良くなるから。頼むよ、コンマス」

「……千秋が俺に頭を下げるなんて」

「下げてはないわよ」

真澄の的確なツッコミ。

「よっしゃー！　よくわかんねーけどやり直しだあ！」

窺《うかが》うような雰囲気が、峰の一声で、諦めに似た賛同に変わった。

コンマスとしてヴァイオリンの腕は未熟、音楽の知識も今ひとつの峰だが、あっという間に皆を乗せてしまうところは誰よりも優れた才能だ。本人には言わないが。

「そこで、曲の解釈なんだけど、前まで俺は音のみで表現しろって言ってたけど、ここに来てなにかテーマみたいなものがあってもいいのかと」

しどろもどろで説明する千秋に、メンバーは今ひとつ理解できない顔だ。

「だから、初めにコンマスがやろうとしてた——」

「！　いいのか、ロックで？」

「さすがにそれはアホっぽいけど！　力強さとか躍動感とか……お前らの個性、出せるように俺も考えて来たから、やってみようか」

メンバーの間にいきいきとした明るさが戻って来る。これだ。これが彼らだ。

「じゃあ頭から、テンション上げて！」

そして、決戦の定期公演が幕を開けた。

X

桃ヶ丘音楽大学、第二十八回定期公演。

シュトレーゼマンの評判が人を呼び、外は集まった客で去年以上に賑《にぎ》わっている。

「先輩、かっこいい〜」

「燕尾服《えんびふく》じゃないけど、まあいいだろ」

千秋は黒いジャケットを正して、舞台袖《そで》に駆け込んで来たSオケに眉を顰《ひそ》めた。

「遅いぞ。なんでお前らTシャツのままなんだ。そして臭い！」

「え、だって、今まで泊まり練習で、うちに帰る暇《ひま》なかったじゃねーか」

「せめてお風呂に入りたかったわ」

「Sオケのみなさーん、そろそろ出てくださーい」

「ひゃあいっ」

峰の声は完全に裏返っている。

「き、きたぁ……」

「人、人、人」

「みんなじゃがいも、みんなじゃがいも」

「おい、みんな落ち着け！」

「おおお落ち着けるわけねーだろ？　俺たちほとんどがオケ初めてなんだぜ!?」

「ももももし、千秋さまに迷惑をかけてしまったら……」

柄《がら》にもない事を。否、彼らはいつも真剣だった。

千秋は溜息を吐いた。

「俺も初めてだよ」

「！」

「Aオケとか勝負とか、もう気にしなくていいから」

彼らのいい所はそんなものさしでは測れない。

千秋はジャケットを脱ぎ、ネクタイを外して、シャツから腕を抜いた。

「あーっ」

中に着ていたのは勿論、SオケTシャツ指揮者仕様。

「俺たちSオケの初舞台、楽しもう！」


客席は端から端まで満員だ。講師陣が雁首《がんくび》そろえて舞台を見ている。キャバクラで見かけた雑誌記者、そして後方にはシュトレーゼマンの姿もあった。

オケが千秋に集中している。千秋は峰と目を合わせ、小さく頷き合った。

安定感のある木管楽器。重厚な金管楽器。弦楽器は伸びやかでダイナミックだ。

皆が確実にうまくなっている。

音が千秋の両手に集まる。信頼し、信頼が返って来る。

小気味良く刻まれたフルートが曲を誘い、そこに補佐する管楽器と——ヴァイオリン席で峰が大仰《おおぎょう》にウインクをした。

(おいおい、あれをやる気かよ)

峰ばかりではない。オケのメンバー全員が片《かた》っ端《ぱし》からウインクを始める。

(……分かったよ。やるなら、ここだろ!)

千秋は思い切って腕を彼らに差し出した。

チェロ・コンバスが一斉に楽器を回す、他の全員が楽器を空へ掲げる。打楽器が飛ぶ。

(これでもう正当な評価は消えたな。でも……)

懸命に、真摯《しんし》に、そして何より、

(楽しい!)

連なる音、タクトに力が籠《こ》る。響き合い、曲は圧倒的なフィナーレへ。千秋はタクトを振り切り、Sオケは自分達の七番を弾ききった。

「ブラボー!」

シュトレーゼマンが立ち上がり、会場を拍手喝采《はくしゅかっさい》が包む。

「気のせいか、笑いがまじっているような?」

「気のせいじゃねーよ」

達成感に満ちたメンバー、満足そうな観客、鳴り止まない拍手。

峰と握手をしたら、千秋の口許にも笑みが広がった。

*

大河内守《まもる》は憤慨していた。

「千秋の奴、カッコつけやがって。あんな下品な演奏、子供騙《だま》しだ！」

「あー、キミキミ」

振り返ると、呼び止めたのはまさかのシュトレーゼマンだ。

「キミ、指揮科のオーコーチ。オケ振りたい言ってたね」

「は、はい！」

「ワオ。この次の本番、私の代理よろぴくネ。その服ダサイ、この上着あげマス」

「え？」

「私、おなかチクチク痛い、帰りマス。バイバイ」

「…………」

その日、Sオケのデビューと共に、大河内守、Aオケ指揮デビュー。Aオケに土を付け、以後伝説として語り継がれる最低の舞台を作り上げた。

XI

カフェテリアに乾杯の声が上がった。

「かるく打倒しちゃったな、Aオケ。味気ないぜ」

「あれはあっちの指揮者が勝手に自滅しただけでしょ！　調子乗ンじゃないわよ」

真澄が皆を叱ったが、彼自身、嬉しい気持ちを抑えられないでいる。

「そうよね〜。私たちの指揮者、千秋先輩でよかったね」

桜が喜ぶと、皆が苦笑しながらやはり嬉しそうに同意した。

「やっぱ高いところを目指してる奴ってハンパねえからなあ……」

峰はサキイカをくわえて、功労のSオケと指揮者に祝杯を傾けた。


のだめが走って来る。何かを探しているようだが、目的は容易に想像がつく。

彼女は中庭のベンチで仰向《あおむ》けになる千秋を見つけると、急ブレーキで立ち止まって息を呑んだ。

「先輩、寝てるんですか？」

「…………」

「ほんとに？」

「…………」

今度こそ慎重に慎重を重ねて確かめ、辺《あた》りを見回す。

「しゅ、しゅきあり！」

のだめは口を尖らせて、突進するように千秋の頬にキスをした。

「むきゃあー」

奇声を上げて、バタバタとのだめの足音が走り去る。

(バーカ)

寝たフリはまだ続けておこう。

(これはお礼だからな……)

千秋はほんの少し頬を赤らめて、心地よい風に耳を澄ませた。

◉第4章◉

＊

桃ヶ丘音楽大学。

音楽家を志す若者が集う希望に溢れた学び舎《や》の理事長室は、静穏な空気で満たされている。理事長、桃平美奈子《ももだいらみなこ》は、美しい横顔を窓に近付け、外から微《かす》かに聞こえる学生達の音に耳を傾けていた。

「どう？　うちの学校、結構面白い子いるでしょう？」

「だから私を呼んだんですか？」

シュトレーゼマンはソファに腰かけて、ゆったりとタバコを燻《くゆ》らせた。美奈子が何処か寂しげな笑顔を浮かべた。

「まさか本当に来てくれるとは思ってなかった。でも嬉しいわ。あの子、もう見つけてくれたのね」

「おかげでちょっと遊んで帰るつもりが、帰れなくなりました」

「あの子、日本から出られないらしいのよ。どうにかならないのかしら」

美奈子の心配の種は千秋らしい。彼女は後進の教育にも熱心で、優しい。

「……どうにかしなきゃいけないのが、もう一人います」

「え？」

シュトレーゼマンは懐中時計を開いて、無情に刻む時の針を眺めた。昔、美奈子にもらった愛用の懐中時計。あの頃、自分も彼女のように憧れを追いかけていた。

「まるで昔の自分を見ているような、せつない気持ちにさせてくれる困った子デス」

「………」

「あの二人、面白い事になってくれればいいんですけどね」

ポケットの中で携帯電話が震える。シュトレーゼマンは画面を開いた。ジャーキーを食いちぎる金髪女性の写真が着信を告げている。

時が、迫って来ていた。

I

「はう〜ん、おいしそー。なんですかコレ？」

「パスタ・イン・クレーマ・デ・グラッケン・ガンベーニ」

「呪文《じゅもん》料理！」

Sオケの初舞台から一週間、のだめは相変わらず千秋に寄生している。

のだめは早速フォークを持とうとして、ふと心配そうに顔を上げた。

「でも先輩、合コン行かなくてよかったんですか？　師匠に逆らったりして」

「師匠ならなんか教えろっつーんだよ」

オケごと放っておかれて、今日も合コンの人数集めに利用されたので、飲み屋へ向かう途中でこっそり帰って来てやったところだ。

弟子にすると言ってから、一度も指導らしい指導をしてもらっていない。

（そういえば、海外ではシュトレーゼマンが日本にいる事、話題になってないんだろうか……）

「あ、せんぱーい、冷めちゃいますよ？」

「先に食べてろ」

千秋はのだめに言い残して、寝室のパソコンの電源を入れた。

「――何だこれは！」

シンジラレナイ。

千秋は脳を直接なぐられたみたいに、パソコンの画面に釘付けになった。

何故だ。デスクトップに、のだめの写真が、しかも御丁寧に動画で、こちら側に向かって投げキッスをしている。おまけに「好きです」と告白連呼《れんこ》。

「先輩、見つけましたね～。これでいつでものだめに会えますよ」

「なにが会えますよだ！　くっそ、元に戻せ！」

「い、イヤン」

「なにがイヤンだ！」

千秋は怒り心頭、布団とガムテープでのだめを簀巻《すま》きにして床に転がした。少し目を離すと、すかさず千秋の穏やかな生活を侵蝕するから恐ろしい。

千秋は呼吸をしずめて、検索エンジンにシュトレーゼマンの名を打ち込んだ。

「え……」

出て来たのは海外のニュースサイト。

『マエストロ・シュトレーゼマン失踪《しっそう》——先月のロンドン公演後、突如行方《ゆくえ》をくらました世界的に有名な指揮者。関係者らは「いつものバカンス」と痴呆《ちほう》説を否定しながらも、警察に捜索を依頼。現在ヨーロッパを中心にその行方を追っている』

「うそだろ——」

千秋は額に手を当てた。あのシュトレーゼマンなら、ありえない事ではないと思ってしまい、また頭痛を悪化させた。

Ⅱ

裏軒のいい所は、主に豊富なメニューと入りやすい店構えと峰《みね》父の人柄だ。息子に甘すぎるのが時々傍迷惑《はためいわく》だが、千秋も秘かに居心地よく足を運んでしまっている。

「なあ、改めて思うけどさ、あれって本当にシュトレーゼマンなのか？」

峰が麻婆炒飯《マーボーチャーハン》をまぜながら疑惑を口にした。のだめと真澄がそろって首を傾げる。

だがその点について、千秋の疑いはとうに晴れていた。

「本物だよ。指揮見りゃ分かる」

「そうかー？　一回しか振ってねえじゃん、しかも練習で」

「分かるんだよ、俺には。でなきゃ誰が弟子なんかに」

あれは本物のシュトレーゼマンだ。だから、彼が日本に留まる理由が分からない。

「あ、ミルヒー」

噂をすれば影。彼も裏軒のファンだったのか。

シュトレーゼマンは千秋たちのいるテーブルに来ると、黒いコートの下から徐《おもむろ》に一冊の楽譜を取り出した。

「千秋、これがキミの新しい課題デス」

「え……」

「キミはこの曲のピアノを一人で練習して下さい」

「ピアノ？」

のだめがきょとんとする。今回ばかりは彼女が正しい。千秋がシュトレーゼマンに師事しているのは指揮だ。

「ラフマニノフ、ピアノ協奏曲第二番。こんな難曲を俺が？　そんな、なんで今更《いまさら》ピアノ協奏曲なんて……」

「キミはピアノ科の学生です。ピアノをやってなにが悪い？」

「………」

「今度の学園祭、私が指揮するAオケとピアノ共演してもらいます」

「え、Aオケ？」

峰が素頓狂《すっとんきょう》な声を上げ、のだめと真澄が顔を見合わせた。

「でも、俺にはSオケが――」

「師匠にいちいち逆らうんじゃありません！　Sオケの指揮は降りなさい」

ミルヒーの十八番《おはこ》絶対王政、わがままの塊《かたまり》を前に、逆らえる者はいなかった。


千秋は翌日、大学の談話室でシュトレーゼマンを待ち伏せした。シュトレーゼマンはホールでAオケの練習を終えて、ここを通るハズだ。

先に出て来たメンバーたちは、やはり急に真面目《まじめ》になったシュトレーゼマンの態度に、戸惑っている様子である。張本人が彼らの一番後ろから姿を見せたので、千秋はすぐに彼を呼び止めた。

「マエストロ。理由を教えて下さい。なんで俺が――」

「……ミーナ……」

「え？」

シュトレーゼマンの目は千秋ではなく、別の所を見つめている。千秋の頭より上、二階から吹き抜けの談話室に続く階段に目を奪われて動かない。

千秋が釣られてそちらを見上げると、理事長が下りて来るところだった。

「ミーナ！」

「フランツ？」

理事長はシュトレーゼマンに気付くと、明るい笑顔を見せた。

「ミーナ、今日もキミは美しい。キミのためならなんでもします」

「まあ、フランツったら」

理事長は大袈裟《おおげさ》なシュトレーゼマンをあしらうように軽く微笑《ほほえ》んだ。確かに綺麗な人である。彼女を見るシュトレーゼマンの目は夢心地だ。

「本当です。今度の学園祭でミーナのためにラフマニノフ、ピアノ協奏曲を演奏します。ぜひ聴いて下さい」

「私が一番好きな曲……覚えててくれたのね。嬉しいわ」

理事長がシュトレーゼマンをハグすると、彼は天にも昇るように恍惚《こうこつ》とした。

（ようするに、あのジジイは自分が理事長の前でいいカッコしたいがために、俺にピアノを弾かせるのか）

何が師匠だ。Sオケも弟子も、理事長に会うまでの暇つぶしだったのだ。

訳《わけ》が分からない。

千秋は無人のホールで譜面台に楽譜を叩き付けた。

「御立腹《ごりっぷく》ね」

「！」

急にドイツ語で話しかけられて、千秋は驚いて声がした方を振り返った。

肩まで伸ばした金髪に顔の印象を厳しくするメガネ、かっちりした黒いスーツに身を固めた女性が立っている。

「キミでしょ、シュトレーゼマンの弟子、チアキって」

「あなたは……」

「エリーゼ。シュトレーゼマンの秘書兼マネージャーです。マエストロについて、なにか訴えたい事などありましたらこちらへ。女性問題とかセクハラとか」

ほとんど決まり文句のように、慣れた手付きで弁護士の連絡先を渡す彼女に、ちょっと同情する。

「あの、シュトレーゼマンとうちの理事長って……」

「フランツはね、学生時代ピアノをやっていたのよ。でも、その頃はサボってばっかで色事《いろごと》にも目覚めた。どーしようもない状態だったらしいわ。今も変わんないけど」

「はあ」

「でもある時、一人の学生にこう言われたの。あなたにはすごい才能がある。指揮者になった方がいい、って。それが当時大学内のマドンナだったミナコ・モモダイラ、桃ヶ丘音楽大学の現理事長よ。フランツは電撃的に恋に落ちた。

でも彼女はその頃すでに才能を認められていて、その繊細で美しく情熱的なピアノとたおやかな美貌で東洋の宝石と謳《うた》われ、世間でも有名になりつつあった。雲の上の存在になりかけていた彼女を追って、フランツも指揮の勉強を必死にやり始めた。ところが彼女は指の病気にかかり、日本に帰国したらしいわ」

「……じゃあ、あの二人の関係って」

「もし彼女がピアノを続けていたら、二人は結ばれていたかもしれない。でも結局は今も昔もただの友達よ」

「でも、マエストロは今でも恋を」

「それはないわね。そんなんじゃないのよ」

エリーゼは視線をそらして、舞台の前方へ移動した。

「じゃあ、なんで今更《いまさら》日本に？　理事長に会いに来たんでしょう？」

だからSオケも弟子も、全部シュトレーゼマンの暇つぶしだ。

「私も最初はそう思ったけど……違ったのね」

「は？」

「だってちゃんと教えてるじゃない、あなたに！」

「え……」

エリーゼが声を荒らげて千秋を睨む。

「フランツが弟子を取るなんて、そんなのどんなに頼まれたって今まで一度もなかった事なのよ？　あなた、本気じゃないならフランツ返してよ。いい営業妨害だわ」

だから、弟子も、全部、訳が——

（分からない）

千秋は呆然《ぼうぜん》として、颯爽と去って行くエリーゼを引き止める事ができなかった。

Ⅲ

ラフマニノフ、ピアノ協奏曲第二番。

深い心の病から立ち直ったラフマニノフが、最初に作った協奏曲。憂鬱《ゆううつ》に始まり、それに打ち勝って、最後には全身で生きる喜びを歌い上げた。

千秋は練習に従って正しく音を紡《つむ》いだ。ピアノの音がオーケストラの演奏と絡み合う。さすがＡオケは練習一回日だというのにレベルが高い。

「みなさん、少し休憩して下さい」

シュトレーゼマンが指揮を止めると、オケの緊張が和《やわ》らいだ。

「すごい……初めて聴いたけど、千秋くんやっぱりうまい」

「うん」

清良が第二ヴァイオリンのメンバーとささやく。が、和らいだ空気はシュトレーゼマンの叱責《しっせき》で突如、緊張に逆戻りした。

「千秋！　なんですか今の弾き方は！」

「え……」

「ここは一番盛り上がるところです。もっと全身で音楽表現して下さい」

「でも俺はそういうタイプじゃ……」

「千秋。君は自分が全然わかってない。観客への魅せ方、これも大事な勉強です」

「魅せ方？」

「もっと美しく、色っぽく、ロマンティックに。たとえばこう、もだえるみたいに」

シュトレーゼマンはワカメのように身体を捻《ねじ》る。とても真似《まね》できそうにない。

「なんで俺がラフマニノフでくねくねしないといけないんですか？」

「くねくねではない！　もっと音楽に没頭しろと言ってます！」

「没頭」

「キミは四年間この大学でピアノを学んで来ました。その集大成を見せる。そして指揮するのはこの私です。これはなかなか得る事のできない貴重な経験。ハンパは私が許しません！」

シュトレーゼマンの熱気が伝わる。

四年間の集大成、世界の指揮者が振るオケ。

「それじゃあ、もう一度。九番あたまから」

「……はい」

千秋は頷いて、鍵盤に十本の指を重ねた。

（確かにこれはすごい経験だ。演奏者としてシュトレーゼマンと共演できる……俺だって半端《はんぱ》はイヤだ！）

ラフマニノフの、生きる喜び。千秋の指先が痺《しび》れるようにチリチリした。

＊

学園祭のポスターが完成して貼り出されるようになった頃、構内事務室は大変な騒ぎになっていた。

「はい、桃ヶ丘音楽大学です。千秋真一ですか？　ええ、出ますよ、学園祭」

「シュトレーゼマンと、はい、今回こそちゃんと出ます」

朝から電話がひっきりなしに鳴り続け、尋ねられるのは公演の事ばかり。

「どうなってるんだ、いったい!?」

職員が半《なか》ば腹立ち紛《まぎ》れに電話を叩き切った頃、クラシックライフ編集部では、編集記者の河野《かわの》けえ子が豪快なくしゃみをかましていた。

「ハックシュン！」

シュトレーゼマンに散々《さんざん》付き合わされてキャバクラ通い、領収書は経費で落ちず、収穫なしかと思ったら定期公演ですばらしい拾い物をしてしまった。

『ピアニスト・千秋雅之《まさゆき》の息子で、シュトレーゼマン唯一の弟子、というサラブレッド。今後の活躍が期待される逸材である』

最新号クラシックライフ。この記事を読んだ読者は興味を持ち、期待して学園祭に押し寄せるだろう。そしてけえ子の読みでは、千秋は彼らの期待を裏切らない。

『もしもし？　河野さん？』

訝《いぶか》る声に呼びかけられて、けえ子はくしゃみで中断していた電話を再開した。

「あ、すいません。それで、佐久間《さくま》さんもお時間あればと思いまして……」

けえ子が雑誌のページをめくると、『夢色☆クラシック』という音楽コラムページで佐久間がにっこりと微笑んだ。

*

周りで勝手に高まる期待とは裏腹に、千秋は苦悩の淵にいた。

練習室でピアノを弾き続けて、それでも答えが出ない。暗譜は完璧、今すぐにやれと言われても、千秋はオケに合わせて一音の間違いもなく弾けるだろう。

だが、おそらく指揮者の要求には応えられない。

（魅せる、色っぽく、もだえるように……わからない。マエストロは俺になにをさせたいんだ？）

千秋は途中で手を止めて、虚《うつ》ろに鍵盤を眺めた。白黒白黒白、白黒白黒白黒白、くり返す二色の列が脳裏でぐるぐる回る。

その時、ガチャ、とドアが開く音がした。

音祭スペシャル公演
Aオーケストラ
シュトレーゼマン
5:00PM
メインホールにて
S
オーケストラ
伝説のステージ
決して一人では見るなヨ
第30回
桃音祭
2006

見るとドアの隙間から黒い手がすべり込み、床に何かを置いてドアを閉める。

「?」

千秋は椅子を立ち、置かれた紙を拾い上げた。急いで廊下に出るが、ぬいぐるみの尻尾《しっぽ》のようなものが廊下の角を曲がるのが見えただけだった。

ぬいぐるみの手が置いていった紙は、Sオケの公演チケット。ジョリーロジャーのドクロと共に、伝説のステージと書かれていた。

IV

会場は満員とまではいかないが、かなりの人数が入っている。

(シュトレーゼマンも俺もいないSオケ。あいつら、一体何をやるつもりなんだ?)

千秋が空いた席に座ると間もなく、照明が消えてプオーというラが聞こえた。

(ピアニカ? なんでピアニカがチューニング?)

と、舞台にスポットライトが当たって、マングースの着ぐるみが照らし出された。

(のだめ?)

彼の中では、変なもの↓理解不能↓のだめ、の図式が成立している。

マングースはピアニカのホースをくわえて、ラプソディー・イン・ブルーを弾き始めた。その軽やかなタッチ、多彩な音を千秋は知っている。

(のだめだ……)

オケの音が増えてピアニカに重なる。照明が点く。

屏風《びょうぶ》に見立てた書き割り、背の低い障子《しょうじ》とすすきを飾り付けて舞台を華やがせ、並ぶオーケストラは紋付袴《もんつきはかま》と着物姿だ。

(和製ビッグバンドか!)

ドレスの真澄が打ち鳴らす楽しげなリズム。チェロ・コンバスが楽器を回し、管楽器が上下左右に吹き分ける。助っ人、大河内の指揮で各パートが見せ場のソロを披露《ひろう》した。

(おいおい、カッコイイじゃねーか。曲のアレンジがいい。ピアニカなんかもちゃんとパート分けしたりして芸が細かい)

会場はすっかり乗せられて手拍子《てびょうし》だ。

(う、あれは……)

見入っていた千秋は、つい顔を引きつらせた。

ヴァイオリンが舞台前方に横一列に並び、楽器を振り上げて弾く。必殺、ジミヘン弾きだ。観客が大喜びで歓声を送る。相変わらず笑いまじりなのは御愛嬌《ごあいきょう》だ。

コンマス峰が金髪に紋付袴という派手なナリで、音楽と自分に酔いしれた。

(魅せる。なるほどな、峰。ちょっとバカみたいだけど、お前らの本領発揮だ!)

曲は会場を巻き込んで上りつめ、舞台は拍手喝采に包まれた。

外に出ると、気の早い夜風が千秋の頬の熱を冷ました。

煤《すす》に覆われていたようだった視界が、白い光に照らされて晴れ渡るのを感じる。

自分を信じて自分らしい演奏をすればいい。彼らが魅せてくれたように。

(悪いな峰……)

もう迷いはない。

(トリは俺さまなんだよ)

千秋は不敵に笑って、まだ拍手の鳴り止まないホールの灯りを見上げた。

V

楽しかった。

のだめは中庭のベンチに座って、着ぐるみの頭を脱いだ。

「ふぅ……千秋先輩、見てくれたかな」

Sオケの演奏を聞いて、千秋も楽しいと思ってくれていたらいい。そこに拍手が聞こえて、のだめは寄りかかっていた着ぐるみの頭から身体を起こした。

「ミルヒー」

「随分変わったガーシュウィンでしたけど、よかったですよ。とっても楽しそうで」

「ホントですか?」

ミルヒーは笑顔で答えて、のだめの隣に腰を下ろした。

「のだめちゃんは将来なにになりたいの?」

「え〜、いきなりクイズですか?」

「クイズじゃなくて、希望です」

「希望は、幼稚園の先生です」

「ほー」

「でも最近は、千秋先輩のお嫁さんにもなりたくて〜。だから千秋先輩のお嫁さんをしながら幼稚園の先生をするのが一番の夢です。ぎゃはあ、言っちゃった!」

恥ずかしい。でも嬉しい。でも恥ずかしい。

「千秋ねえ。でも、のだめちゃん、今のままじゃ千秋とは一緒にいられないね」

「へ……?」

「一緒にはいられないよ」

ミルヒーが真面目な顔をしているから、のだめにも冗談ではないと分かる。

何故。どうして。疑問ばかりが頭を駆け回って返事ができない。

「のだめちゃん、もっと音楽と正面から向き合わないと、本当に心から音楽を楽しめませンよ」

「……のだめ、楽しんでますよ?　どうしてそういうこと言うんですか!?」

「オー、そろそろ時間デス」

ミルヒーはベンチから立ち上がり、手を差し出して握手を求める。のだめがそろそろと握り返すと、その手にミルヒーが何かを握らせた。

「のだめちゃんにはお世話になりました。これはプレゼントです」

渡されたのは、ミルヒーがいつも大事そうに使っていた懐中時計。

「ミルヒー？」

のだめの呼びかけはミルヒーに届かない。足許を落ち葉が走り抜けた。

VI

開演が近付いている。

千秋は舞台袖の鏡に全身を映し、ちょっと髪を後ろに撫《な》で付けてみた。

「なかなかいい傾向デス」

いつの間に来たのか、後ろで燕尾服を着たシュトレーゼマンが笑っている。

「髪の毛、少し立ててみますか？　タイも外してみた方がいいかもしれませんね」

「い、言っておきますけど、俺は俺なりの演奏をしますから」

「そんな事、あたりまえです」

「は？」

決意の主張が肩透《かたす》かしを喰らって、千秋はタイを締める手をすべらせた。

「色気出せだの、もだえろだの……」

「それはもういいです」

シュトレーゼマンはあっさり撤回して、蚊《か》を追い払うみたいに手を振る。

「大事な事は、キミがどれだけこの曲と真剣に向き合ったかです。もう、充分です」

千秋の瞳をのぞき込み、微笑むシュトレーゼマンの声音には優しい響きがある。

まるで、本当の師匠のように。師匠が弟子を褒《ほ》めて送り出すかのように。

「さて。私も頑張ってミーナにいいところ見せなきゃね。これで日本ともしばらくお別れですから」

「え……」

一瞬、頭が真っ白になる。

「さあ、行きますか。楽しい音楽の時間デス」

シュトレーゼマンがいつもみたいに笑ったので、千秋は何も聞かずに頷き返した。


静寂の中に、音をひとつ、ふたつ。

迫《せ》り上がるアルペジオにオーケストラの音が加わる。繊細さと力強さが融合する。

シュトレーゼマンの指揮は冷静ながらも情熱的だ。

引き込まれ、高められる。

やがて章が移ってテーマが変わり、オケの津波が押し寄せた。

(いやだな、もうすぐ終わりだ……)

千秋は指揮台を見上げて、歯がみしたいのを堪《こら》えた。

最初はなんて奴だと思った。勝手に人の家に入り込み、かき回したかと思ったら、実はマエストロで指揮科の講師だなんて、タチの悪いデマだと思いたかった。けれど彼の指揮は人を愛し、音を紡《つむ》ぎ上げる、まさにオケの奏者だった。反発しながらも、千秋が彼から得たものは測り知れない。

（もっと教えてほしい事があった。もっと聴いて、感じていたかった。この人の音楽を——）

シュトレーゼマンが微笑む。音楽以外の全てが世界から遠ざかる。

千秋は全身で音を浴びて、渾身《こんしん》の力を鍵盤にぶつけた。

数秒の沈黙。

「千秋ーっ！」

峰の声が聞こえて、スタンディングオベーションの会場から大歓声が起こった。

Ⅶ

「千秋、そこのタバコ取って」

テーブルをはさんだ向かいのソファで、シュトレーゼマンの掠《かす》れた声がする。

しかし、千秋も同じく、こちら側のソファに仰向《あおむ》けに倒れて動けない。

「自分で取って下さい」

「これでお別れだというのに、それが師匠に対する態度ですか？」

「………」

やはり、彼は行ってしまうのだ。千秋は顔に手の甲をのせて目許を隠した。

「もうイイ年なんだから、酒とかタバコとか女とか、適当にして長生きして下さい」

「酒とタバコと女がなかったら、私は死にマス」

嬉しそうに言う事か。

「ジジイ……」

言葉でなくたゆたう空気が、一刻一刻と迫る別れを教えていた。

VIII

音が身体の中を占領している。全身にいっぱいに満たされて、しかし捕まえようとするとするりと逃げて行く。

ラフマニノフ、ピアノ協奏曲第二番。千秋の奏《かな》でたピアノの音。

指先から溢れ出そうとして、音が彼女を急《せ》かす。

(ピアノ……ピアノ弾かなきゃ——!)

のだめは着ぐるみの頭を放り出して、闇の中を走り抜けた。

第5章

1

学園祭の後、シュトレーゼマンは千秋を銀座、京都、箱根、六本木と連れ回して、千秋が目を覚ました時には、彼は一通の手紙を残していなくなっていた。

『千秋、キミに願いを。十二月に発売される永岡真美の写真集を、ドイツまで送って下さい』

御丁寧に雑誌広告の切り抜き付き。

(ジジイ、最後の最後まで……)

千秋が古い椅子に腰かけると、油を炒《いた》める匂いが軽く胃を刺激した。

「へえー、ここが千秋くんの行きつけのお店。なんかイメージ違うわね」

「いらっしゃい、なんにしましょう」

「ひぃ」

裏軒の店長、峰《みね》父は厳《いか》つい風貌から初めての客には怖がられがちだ。

河野けえ子——千秋の記憶が正しければ、シュトレーゼマンとキャバクラにいたあの女性だ。渡された名刺には『クラシッククライフ出版編集局』とある。

身を竦《すく》める彼女を横目に、千秋はいつもの注文をした。

「クラブハウス・サンドにエスプレッソ」

「え、中華屋でサンド？」

「はいよっ」

「え、あるの!?」

けえ子は一見《いちげん》の客らしくいちいち驚いて、カウンターに戻る峰父を見送った。

「それで？　音楽雑誌の方が僕になんの用ですか？」

「オー。申し遅れましたが、僕は音楽評論家の佐久間学《まなぶ》です」

けえ子の隣に黙って座っていた男が、内ポケットから名刺を取り出した。

ラメ入り水色の名刺の中央には、本棚を背にした佐久間自身の写真。しかもポーズを付けて微笑んでいる。特異だ。千秋は顔を引きつらせた。

「実は、佐久間さんはうちの雑誌『クラシッククライフ』で連載してるんだけど、来月号は千秋くんの事を書かせてもらってるの」

「え？」

「『夢色☆クラシック』連載五十回記念、特大ピンナップ付き！」

けえ子が語りながら、雑誌の折り込みポスターを広げた。そこにはシュトレーゼマンが指揮する姿に並んで、千秋の写真まで、でかでかと載っているではないか。

「ひぃ！」

「ごめんなさいね、勝手に〜。でも、事前にシュトレーゼマンには撮影許可もらって『弟子もよろぴく』って言われてるから。ね、ステキな写真でしょ〜」

「ジジイ……」

海の向こうへ去ってまで跡を濁《にご》すな。

「僕の文も読んでよ」

佐久間に促《うなが》されて、千秋は夢色☆クラシック本文を読み上げた。

「千尋《せんじん》の谷底まで照らす光のようなピアノの序奏。僕はその光をのぞき込み……」

「ああ、美しいラフマニノフ」

佐久間が文章の途中でうっとりと額に手をあてる。

「とまあ、佐久間さん、すっかり千秋くんのファンなの。私もね、定期公演で千秋くんの指揮見た時からずっと注目してたのよ」

「え……」

「僕も今度はぜひ君の指揮を見たいんだ」

「千秋くん、卒業したら海外に行くのよね？」

「……え？」

「当然シュトレーゼマンの弟子として。むこうで指揮のコンクールとか出るの？」

「ちょ、ちょっと待って下さい。僕はこのまま日本で院に進むつもりで……」

「そんなバカな！」

テーブルに突いた佐久間の手がガタガタと震え出した。

「来たわ」

けえ子が表情を引き締めて身構える。

佐久間はいきなり立ち上がり、窓の方へ向かって人差し指を伸ばした。

「この大空のかなた、燦然《さんぜん》と輝く太陽を目指して、君の崇高なる音楽の魂を宿した、その純白なる大きな翼を広げて飛び立つ時が来たんだ！」

「は？」

「留学すればいいのに、と言っています」

日本語なのに、けえ子の通訳。

「お、俺は……」

（飛び立てねーんだよ！）

フラッシュバックする悪夢。機体がひどく揺れて、上下左右、自分自身の身体もまならないあの恐怖は、体験した者にしか分かるまい。

千秋が言えないのをいい事に、佐久間は更に重ねて両手を大きく広げる。

「この大海原の遥《はる》かかなたに、高貴なる芸術の至宝が君に微笑みかけているのに……ああ、なぜ君は漕《こ》ぎ出さんとしない!?」

「海外コンクールでもいい成績が残せるのに、と言っています」

「だから……」

（漕ぎ出せねーんだよ！）

暗い海底へ沈み行く水の重みが未だに千秋を縛りつけている。

「ねえ、どうして海外に行かないの？　せっかくそんなに才能があって、すごい師匠だっているのに」

「なぜだ、君は日本でいったい何をするつもりだ！」

しつこい。

「俺がどこで何しようと俺の勝手だろ。あんたらに心配される筋合いはねーんだよ、ほっといてくれ！」

千秋はテーブルを叩いて席を立ち、有無を言わさず入り口の引き戸を開けた。

「あ、千秋さん、サンドは？　特別にピクルスもつけといたよ」

「包んどいて！　あとで取りに来る！」

「はいよー」

千秋は空間ごと切り捨てるように、力任せに戸を閉めた。

「なぜだ……かつてイカロスの愚行《ぐこう》を許さなかった神でさえも、君の奏でる音楽に魅せられ、愛と恵みの祝福を贈るだろうに」

「その詩がいけなかったんじゃないですか？」

佐久間のオーバーな物言いを、けえ子が冷静に指摘した。

II

（結局、俺はまた同じ所で立ち止まるんだ。いくら学生オケを指揮しようと、シュトレーゼマンとコンチェルトしようと……）

『ねえ、なんで海外に行かないの？』

千秋は酒をあおって、空《から》のグラスをテーブルに置き、次のボトルを取りにキッチンへ移動した。

「戸締まり用心……」

「ひいっ」

亡霊だ。髪をかき乱し、虚《うつ》ろな目は黒いクマで落ちくぼんで、唇は乾ききる。着古したジャージにパンダ柄のシャツ、には、見覚えが、

「の、のだめか!?」

「のだめです」

「まだ仮装やってんのか？」

「やってません。先輩！　のだめにもオケストラでコンチェルト弾かせて下さい」

「え……」

「先輩が弾いた曲、のだめ練習したんです。のだめもあの曲弾きたいんです！　先輩

みたいにピアノ――」

のだめが必死でにじり寄る。千秋は顔をしかめて息を止めた。

「く、くさい」

「え？」

「お前、何日風呂入ってないんだ？」

「何日って、今日は何日ですか？」

のだめが途方に暮れたように部屋をうろうろすると、辺りに異臭が充満した。

「今すぐ風呂に入ってこい！」

「ガスが……」

「またか？　もーいいからうちの風呂に入れ！」

「でも着替えが……」

「ほら、お前がこの前忘れてった服！」

千秋はのだめの襟《えり》と自分の鼻をつまんで、彼女を風呂に放り込んだ。

（あいつ、俺のコンチェルトを聴いて、それからずっと練習してたのか？　あんなになるまで……）

自分がヴィエラ先生の指揮に感動したように、シュトレーゼマンのオケに触発されたように。もしそうなら、演奏家としてこれ以上の賛辞はない。ただ、嬉しい。

千秋はきのことチーズのリゾットにサラダを添えて、風呂を上がったのだめの前に並べてやった。この様子では風呂どころか食事もしていない。

「ほら、食え」

「食欲ないです……」

「いいから食え！」

「ぎゃぼーっ」

千秋が無理やりのだめの口に押し込むと、のだめは泣きながら抵抗した。

「とりあえず、コンチェルトを」

「お前には無理だって」

「なんでですか？」

「お前はいつも楽譜を見ない。勝手に弾く。作曲する。どうやってオケが合わせるっていうんだ」

「のだめ、楽譜見なくても、ラフマニノフは何度か聴いた事あるし、知ってます。それに……先輩の音が、まだちゃんと耳に残ってて……」

反抗していたのだめの口調《くちょう》が徐々に力を失う。

「のだめも弾きたい……あんなふうに……」

のだめは服の裾《すそ》を握り締め、抑えきれないようにテーブルに突っ伏《つぷ》した。

音楽が彼女を突き動かしている。千秋の音が——

千秋はエプロンを外し、項垂《うなだ》れるのだめの腕を掴んだ。

Concerto
KV 314 (285d)

「よし。そこまで言うなら聴かせてみろよ、お前のラフマニノフ」

「へ？」

「学校行こう。二台ピアノがある方がいい」

千秋はのだめを引きずって部屋を出た。


放課後の練習室では、ピアノ科の学生が連弾をしていた。

「もう帰ろうよ〜」

「もう一曲、もう一曲」

「えー」

「遊んでるなら交代してくれるかな？」

千秋がドアを開けると、二人は飛び上がってピアノから離れた。

「は、はい！」

「喜んで！——って、のだめ？」

反応から察するにのだめの友人らしいが、のだめは何かに取《と》り憑《つ》かれたかのようにピアノしか見えていない。

「ほら。俺がオケ部分を弾くから、お前は普通にピアノ弾いて。オケがいると思って……いいな？」

のだめがやっとで頷く。

「じゃあ、いつでもどうぞ」

千秋は曲を彼女に預けて、始まりを待った。

長い時間、じっと鍵盤を眺めていたのだめの大きな手が、動いた。

（な……最初のピアニッシモをフォルティッシモで？　なんの曲だ）

しかも速い。このテンポでこの曲が弾けるのか。

千秋の疑問を激流で押し流すように、のだめのピアノは音を次々に畳みかけた。

（音が多い。やっぱ作曲してんじゃねーか。しかも今日は端《はな》っからキレてるし）

のだめは例によって口を尖らせて、音にのめり込んでいる。超絶技巧は相変わらずだが、ただの衝動で弾いているのだろうか。こんなのはコンチェルトではない。

（やめるか？）

千秋は横目でのだめを窺《うかが》った。その真剣な横顔は、いつも通り——否、普段以上に鬼気迫るものがある。途中でやめられるわけがない。

（くそっ。ちゃんと合わせてやるから、俺の音を聴け!!）

指に目いっぱいの力を籠《こ》めて、千秋はピアノで彼女に訴えかけた。

雫《しずく》が波紋を広げるみたいに、のだめの表情がこちら側へ戻って来る。彼女の頬に微笑みが浮かぶ。

熱っぽく虚《うつ》ろだったのだめの両目が微熱を残して、千秋と視線を重ねた。

響き合う音の真ん中にいる。まるで音楽の洪水に飛び込んだみたいだ。

のだめはラフマニノフを丸々二回弾き終えると、糸が切れたあやつり人形のように鍵盤に突っ伏《ぷ》して眠ってしまった。

「おい、のだめ。そろそろ帰るぞ」

しかし彼女は疲れ果ててぐっすり夢の中だ。千秋は呆れながら、のだめの肩に上着をかけた。

もう分かる。最初から知っている。彼女と音の繋がりは尋常ではない。

（こいつ、どうすればいいんだ——）

千秋は寒さに身を縮め、冷えきった練習室に白い息を吐き出した。

III

翌日、千秋は楽譜とCDをそろえて、カフェテラスのテーブルに置いた。向かいの席ではのだめが、寒いのに冷たいジュースを飲んでいる。

「ほら、今日からちゃんとコンチェルトの勉強してもらうぞ」

のだめがきょとんと目を丸くした。

「コンチェルトはもうやりましたよ？」

「え？」

「先輩が一緒にやってくれたじゃないですか」

「やったって……お前、オーケストラとやりたいって」

「先輩のピアノ、本物のオケストラみたいでしたよ。すっごく気持ちよくて、のだめ、とっても満足です。本当にありがとうございました。最高に幸せでした」

のだめは深々とお辞儀《じぎ》をして、嬉しそうに笑っている。

「あんなんで満足って……それでいいのか？　のだめ」

彼女の表情は答えるまでもないという風だ。千秋はそれ以上、聞けなかった。

「あら～！　のだめちゃん、生きてたの～」

「あー、真澄ちゃん！」

のだめが立ち上がって、駆け寄る真澄と一緒に飛び跳ねてじゃれた。彼の後ろから続々と見飽きた顔が集まって来る。

「おーい、千秋。見てくれよ」

「ジャーン、内定出ましたー」

橋本と玉木が二人そろって音楽関係の会社の内定通知を広げた。

「ほえ～、おめでとうございます！」

「私たちも音楽事務所に決まったのよ」

「事務の仕事しながら音楽続けて、ゆくゆくはプロデビューできたらいいなって」

にっこり笑って報告するのは鈴木姉妹だ。

「私は実家のパン屋さん継《つ》ぐ事になったんだ」

「僕も田舎の旅館手伝うんだ。みんな遊びに来てよ」

Sオケで苦楽を共にしたメンバーが進路話に花を咲かせている。それが、千秋にはやけに遠く感じられる。

「ねえねえ、静香ちゃんはどうするの？」

真澄が尋ねると、弓で手こずった静香は口の中でボソボソと呟いた。

「えーっ！」

「静香ちゃん、ケッコン!?」

のだめが頭のてっぺんから声を出して驚いた。

「嬉しいけど、寂しくなっちゃいますね」

「…………」

桜が名残《なごり》惜しそうに微笑む隣で、峰が珍しく黙りこくっていた。

「はぁ〜、いいなあ、静香ちゃん。ケッコン」

皆と別れて練習室に入っても、のだめの興奮は冷めなかった。

「のだめも卒業と同時にケッコンしたいです」

「しろよ。同じ星の人間と」

相槌《あいづち》を打つのも煩《わずら》わしい。千秋は背を向けたが、のだめは能天気に話し続けた。

「千秋先輩はこのまま院に行くんですよね？」

「…………」

「よかった〜。留学するとか、実家に帰っちゃうとか多いんですよ」

好き勝手言ってくれる。

「のだめ、うるさい。練習しないなら出て行け」

「えっ」

思わず杜撰《ずさん》になった千秋の口調に、のだめは一瞬怯《ひる》んだが、不意にドアが開くと、すぐに元の調子に戻って来訪者を出迎えた。

「峰くん。どしたんですか？」

入り口には、ドアを後ろ手に閉めて峰が立ち尽くしている。

「もしかして先輩がAオケ行った事、まだ怒ってるんですか？」

「怒ってねーよ！　俺は……っ」

峰は千秋を睨んで、堪《こら》えきれないように目を細めると、突然千秋の手を握った。

「俺は感動したんだよー。俺以外の演奏であんなに感動したの初めてなんだ。やっぱお前すげえよ。さすが親友だ」

「誰が親友だ！」

千秋は乱暴に峰の手を振《ふ》り解《ほど》いた。何なんだ。

峰は払われた手を手持ち無沙汰《ぶさた》に揺らして、意を決したように顔を上げた。

「なあ、千秋。俺、ずっと考えてたんだけどさ、Sオケ続けないか？」

「……え」

「いいですね、それ」

「だろ？　三年の俺や桜は続けられるし、お前がやるって言えば真澄ちゃんだって、みんなだって仕事の合間《あいま》やなんかに集まって」

「冗談はやめてくれ」

千秋は一蹴《いっしゅう》した。

「そんな非現実的な話に花を咲かせるほど暇じゃない」

「いや、どこが非現実的なんだよ⁉　アマオケでも何でも、続けようと思えば続けられるだろ。資金だって皆で持ち寄ったり集めたりして――」

「だから」

峰が一生懸命話すのを遮《さえぎ》って、千秋は冷えた眼差《まなざ》しで彼を見上げた。

「それで？」

「…………」

峰が言葉に詰まってようやく止まる。

「お前がコンマスで、モジャモジャと桜がいて、俺が指揮者か。そんな仲良しごっこ続けてどーする。勘弁《かんべん》してくれ」

「……だったら千秋、お前この先どーすんだよ。指揮やるとこあんのかよ！」

峰のクセに。

「ピアノ科で院行ってお前……」

分かっている。分かっているから黙れ。

「指揮者になりたいんじゃないのかよ！　千秋のバカーッ」

千秋は練習室を出て、峰の叫びを背に、廊下を足早に立ち去った。

Ⅳ

右手には灰色のショッピングカート。左手には、

「先輩、何やってんですか？」

「何って、夕飯。魚肉、鹿肉、熊肉」

千秋はスーパーの棚に並ぶ缶詰を、片《かた》っ端《ぱし》からカゴに入れた。

「……いじめ？」

いいもの発見。千秋がカンガルー肉の缶詰を手に取ると、のだめが血相を変えて、千秋の腕を摑んだ。

「先輩！　今日はのだめがごちそうします！」

と言って、連れて来られたのは寿司屋『平禄寿司』。

中に入ると楕円《だえん》のカウンター席の目の前を、皿がカタカタ回っている。

「…………」

「さあ、どうぞ。今日はフンパツしてお寿司ですよ。あ、たまごたまご♪」

のだめは慣れた手付きで二人分のお茶を淹《い》れ、レーンから早速白い皿を取った。

許せない。

「あれ？　先輩、好きなの回ってないんですか？」

「……くそっ。なんで寿司が回ってるんだ」

千秋は怒りに勢いを借りて、手近な皿を取り上げた。

「ムキャー、ウニ！　いきなりウニ!?　先輩、それ金皿ですよ!?　四百円！　学生は百円の白皿って相場が決まってるんですよー」

「フン、まあまあだな。ん、やる」

千秋はウニを割箸《わりばし》ですくって食べ、残ったシャリをのだめに渡した。

寿司が回っているのは許せないが味は悪くない。次はヒラメに行ってみよう。

「ぎゃぼ！　なんでごはんを残すんですか？　刺身だけ……ああ、また金皿。のだめも刺身部分が食べたいです～」

仕方ない。千秋は残したシャリに大量に置かれた生姜《しょうが》をのせてやった。

「ほら、ガリ寿司」

「ブキィー！」

のだめが不細工《ぶさいく》な顔して怒るので、千秋は少し楽しくなって笑ってしまった。

食事を済ませて外に出ると、夜はすっかり更《ふ》けていた。しかし、冷えた冬の空気はのだめの怒りを冷ましてはくれないらしい。

「先輩は変です！　非常識です！　もう絶対ごちそうしません！」

「なにがごちそうだ。結局、俺が払ったんじゃねーか。普通、三千円しか持ってないのに寿司屋に入るか？」

「回転なら充分なんです、いつもは！」

のだめはブツブツと文句を言っている。その横顔が、何処か大人しい。

（もしかして、のだめにまで心配されてたのか？　何なんだ、みんなして）

「先輩？」

のだめが黙り込んだ千秋の顔をのぞき込む。のだめのクセに。

「お前だって来年四年だろ？　この先どーすんだよ？」

「へ、どうするって……のだめは卒業したら幼稚園の先生になるつもりです」

さも当たり前のように言われて、千秋は唖然《あぜん》とした。

「それ、本気だったのか？」

「はい。だから来年は教育実習とかいろいろ忙しいんデス」

「何で……せっかく少しはピアノに真剣になったと思ったのに……」

のだめは意味が分からないという顔をしている。

「いくらデタラメでもあれだけ弾けるのに。なんでもっと上を目指さないんだ！」

「！」

（あ……）

千秋は自分の言葉に既視感《デジャビュ》を覚えて、思い出された記憶に声を失った。

『なんで海外行かないの？　せっかくそんなに才能があるのに！』

けえ子は真剣な面持《おもも》ちでそう聞いた。

（そんなに海外へ行きたいのか、俺は）

何がこんなに不安なのか、自分の精神的な不安定さにいい加減、腹が立つ。

『君は日本でいったい何をするつもりだ!?』

（問題はそれなんだよ）

自分は日本で何ができるのか、何がしたいのか。

（俺がのだめを心配するように皆も俺の事を考えてくれているなら、それはありがたく、光栄な事かもしれない。でも……）

「先輩？　やっぱり変ですよ？」

身体の自由が利かない。身動きが取れない。恐怖の根が千秋の神経を蝕《むしば》んだ。

V

答えが出なくても地球は回る。朝が来る。

こりずにまとわり付くのだめを裏拳《うらけん》で撃退して、千秋は教室へ歩を向けた。

「千秋～、俺は諦めないぞ～」

「ち、近い……」

至近距離に出現した峰に、思わずたじろぐ。千秋は峰を押しのけ、追い付いて来るのだめも振り払い、歩き出そうとして、三度目、引き止められた。

「千秋くん！　よかった、探してたのよ」

Aオケのコンミス三木清良だった。

「千秋くんとオーケストラやりたい」

構内遊歩道のベンチに座り、清良は単刀直入に切り出した。

余りに唐突な申し出に、千秋は唖然《あぜん》とした。

「え？」

「私、正直言って今まで学生オケってあんまり興味なくて。でもシュトレーゼマンとのオケは刺激的で……それに、定期公演での千秋くんの指揮もかなり刺激的だった」

清良が挑発的な目で千秋を見つめる。まるで何もかも見透《みす》かされるようだ。

シュトレーゼマンとのオケ。あの感覚が再び味わえるなら——

「私とオーケストラ作って、一緒にやらない？」

「やる」

即答してから、千秋は我ながら色々なすっ飛ばしてしまった事に思い至った。

「いや、やりたい、けど……」

「オケのメンバーなら心配ないわよ。実は留学先や音楽祭で知り合った他大学の学生と話を進めてるの。みんなかなり優秀よ。オーストリア国際で入賞した、透谷《とうこく》音大の菊地《きくち》くんとか」

「菊地って、チェロの？」

噂で聞いた事がある。

「彼も今、日本にいるの。それから森光音大の黒木《くろき》くん」

「そいつも知ってる」

「他にも留学中とか関西組とか色々だけど、千秋くんが声をかければ集まってくれるんじゃないかな」

「え、俺が？」

指揮の経験も浅く、実績らしい実績はまったく残していない。

ところが清良は楽しげに、というかどちらかというと吹き出すように笑った。

「そりゃあもう！　千秋くん、今やスーパースターだし」

「はあ？」

「『夢色☆クラシック』」

それかよ。笑われた意味が分かった。

学外の素晴らしい演奏者たち。となれば、やはり彼のティンパニーも欲しい。

「あのさ、俺からも推薦したい奴が――」

「はい。これ、声をかけてみようと思ってる人の簡単な名簿」

清良に渡された紙には、すでに真澄の名前が入っている。本当に何もかも見透かされているみたいだ。

「じゃあ……」

清良がしなやかな手を差し出す。

海外には出られない。だが、この経験が無駄になる事は絶対にない。

千秋は彼女の手を固く握り返した。


「千秋！」

清良と入れ違いで、植え込みから峰が文字通り飛び出して来た。

「げっ」

「お前のオケに俺も入れてくれ」

「え……」

聞いていたのか。

「千秋のオケなら何でもいい！」

峰の真摯《しんし》な眼差しには、惰性《だせい》ではない、本気が宿っている。

「……なら、今度の試験でAオケに入ってみせろ。そうしたら入れてやる」

「よし、おし、よっしゃあ！」

峰は満身で笑みを浮かべ、ガッツポーズでは物足りず、飛行機のように両手を広げて駆け出した。

のだめがひょっこり顔を出す。

「先輩、オーケストラ作るんですね？」

「……うん」

今できる最高の音楽を作り上げたい。千秋の中に新しい熱が生まれた。

VI

Sオケ解散飲み会は、大変な騒ぎになった。合コン好きのシュトレーゼマン仕込みといおうか、彼らが元々そうなのか。空にも届く勢いである。

「忘れないぜ、俺たちを～。永遠に輝け、伝説のスーパーオーケストラ、レジェンド・オブSオケ～」

肩を組んで輪になり、こぢんまりした神社の境内《けいだい》が山のキャンプ場のようだ。ほのかに明るくつらなる赤い灯籠《とうろう》から離れた隅のベンチに、双子の萌と薫が座っている。そこに二人のファンと化した橋本と玉木が駆け寄った。

「ゴメンゴメン、コンビニ結構遠くて」

「薫ちゃん、コーヒーとウーロン茶、どっちが――」

聞きかけて、玉木がハッとなった。萌と薫の頬に同時に涙が伝う。

「シ、シンクロ泣き」

「千秋さま……新しいオケに誘ってくれなかった」

Sオケ解散飲み会!

千秋が外部の学生を入れて、新しいオーケストラを作ろうとしているという話は皆が知っていた。だが、皆が誘われたわけではない。

二人が小さくしゃくり上げて泣く。橋本と玉木は何も言えずにいる。

萌と薫は手を取り合うと、同時に赤くなった顔を上げた。

「くっそ、あの男」

「今に見てろ」

「絶対諦めないんだから！」

萌と薫は眼差し強く、声をそろえた。

皆がそれぞれの道を行く。別れて、バラバラになって行く。

千秋はのだめと街灯に照らされた帰路を歩きながら、ぽつりと声を零《こぼ》した。

「仕方ないんだ」

「？」

のだめは誰のものとも知れないストールを巻いて首を傾《かし》げる。

「今日、何人かに新しいオケに入れてくれって頼まれたけど……断った」

「…………」

「Sオケは楽しかったし、初めて振ったオケだし、あいつらに感謝もしてるけど譲れない。馴《な》れ合いの仲良しごっこでは意味がない。先に続く音がなければ。

「今度のオケはその延長線上ではやりたくないんだ」

けれど、もしそれがあるならば。そうして自分を見返してくれたなら。

「……先輩、もう一軒付き合ってあげてもいいですよ？」

「ちゃんと歩いてから言え」

「歩けません」

のだめが千鳥足で千秋の腕にしがみつく。

（ほんの僅《わず》かな時間だったけど、俺を大きく変えてくれた、本当にスペシャルなオーケストラ。本日解散）

そして皆、次の舞台《ステージ》へ——

見上げると、冬の空に無数の星が瞬《またた》いていた。

◉第6章◉

I

桃ヶ丘音楽大学構内、学生掲示板。

本日の主な連絡は、いつも通り学内報と休講の案内、講師の変更、そして最大の注目の的は何と言ってもAオケ合格発表である。

峰は真っ赤なヴァイオリンケースを背負って、固いつばを飲み込んだ。

「いいか、桜。このAオケに合格してれば、俺たちは千秋のオケに入れてもらえる」

「う、うん」

桜も緊張を通り越して顔色が白くなっている。

「だが、やれるだけの事はやったんだ。たとえ落ちても泣くんじゃねーぞ」

「うん……ねえ、峰くん、早く見よう?」

「よし!」

峰は意を決して掲示板に向かい、直前で勢いよくUターンした。

「ああ、やっぱ無理! 無理だもん、俺、落ちたら泣くもん。あれ? 桜?」

峰が弱音を吐いている間に、桜は一人で掲示板の前まで来ていた。その緊張しきった双眸《そうぼう》が、何かを見つけて大きく見開かれる。

「あ……」

峰が掲示板に駆け寄り、二人は遂に、はちきれんばかりの笑顔を見合わせた。

もう一組、掲示板前で驚いている二人がいた。ピアノ科のマキとレイナである。

二人は友人にあてられた、しかし当人は見ていないだろう告知を見た。

『ピアノ科担当者変更　ピアノ科三年：野田恵　担当者：谷岡肇→江藤耕造』

「江藤耕造ってハリセンだよね」

「うん。エリート専門、江藤塾」

「なんでのだめが？」

ちょうどその時、大きなハリセンを片手に江藤が堂々と構内を横切って、マキとレイナはどちらからともなく首を竦《すく》めた。

II

その頃、のだめはレッスン室でごろ太と一緒に谷岡を待っていた。左手にはめたパペットはテレビ画面から飛び出してきたかのようにごろ太である。

「谷岡先生遅いですねー」

『いつもはのだめちゃんの方が確実に遅いのにねー』

「そんな事ないですよ。のだめだってたまには五分前行動でス」

腹話術で一人会話。

その時、ガチャリとドアノブが動いて、のだめは椅子から立って谷岡を出迎えた。

が、入って来たのは谷岡ではない。別の講師だ。

「あのー、部屋間違えてますよ？」

「間違えてない。俺が今日からキミの担当になった江藤耕造や。よろしく」

江藤と名乗る講師は鋭い目付きでのだめを見すえ、巨大なハリセンを肩に担《かつ》ぐ。

のだめはごろ太と一緒に首を傾げた。

『江藤せんせ、知らないよねー？』

「うんうん。のだめの先生は谷岡せんせですよ」

『生徒さん、間違えてるのかなー？』

「ふざけるな！」

江藤のハリセンがごろ太に炸裂。ごろ太はのだめの手から叩き落とされた。

「ああ、ごろ太」

「担当替えの事、谷岡先生からなんも聞いてへんのか？」

「はぎゃ？」

聞いていない。

「野田恵」

江藤はごろ太を拾うのだめの手首を掴み、彼女の身体をくるりと回転させて、自分の元に引き寄せた。

「三年間埋もれ続けたお前のピアノ、この俺が昇華させてみせる。感謝しろ」

「！」

のだめは江藤から手を引き戻した。間近に迫った威圧感、ぞわぞわと鳥肌が立つ。

ごろ太を抱き締めてもこわばった手足が直らない。

「ほんならレッスン開始や。まずは普通に、自分の好きな曲でも弾いてもらおか」

「普通って……？」

「ショパンとかリストとか、一曲くらい好きな曲あるやろ！」

強引にピアノの前に座らされて、のだめはおそるおそる鍵盤に手を置いた。

「じゃあ、キラキラ星を」

「なめとんのかゴルァ！」

間髪を入れず、のだめの後頭部でハリセンが鳴った。

「ここは幼稚園でも町のピアノ教室でもない、音大や！」

後ろからのだめの肩にハリセンがのせられる。のだめは膝の上のごろ太を抱き上げ硬直した。怖い。

「しかもお前はもう俺が選んだ俺の生徒や！　わかっとンのか⁉」

怖い。

「お遊びはもう一秒たりとも――」

「お遊びじゃなか！」

のだめは声を張り上げた。

「のだめ、でっちゃ真剣にやっとっとよ？」

「……………」

「キラキラ星のなんが悪いと!?」

江藤のハリセンを奪い、膝で半分にへし折る。万人に愛されるクラシック、れっきとしたモーツァルトではないか。

「のだめでっちゃ、ちゃんと勉強しょっとよ！」

ハリセンを床に叩き付け、のだめは肩で荒く呼吸をした。

江藤は凍り付いている。

「『お前』言うな」

のだめは震える手でドアを開き、後ろを見ないでレッスン室を後にした。


「谷岡せんせー！」

のだめは構内を探し回り、谷岡がレッスンをする練習室へ駆け込んだ。

ピアノの演奏がピタリと止まる。

「あ、すみません……」

「あれ？　野田くん、部屋間違えてるよ？」

「……っ、なんで急に担当替わっちゃったんですか！」

「言ってなかったっけ？　江藤先生たっての希望で、君の担当になりたいと」

谷岡は暢気《のんき》に笑っている。笑い事ではない。

「それで替わっちゃったんですか？」

「うん。だって彼、言い出したらきかないし、僕より権力あるし、やる気もあるし。

それに、面白そうだと思って。君と江藤くんのコンビ」

「全然面白くないデスよ！」

「まあまあ、ともかくこっちもレッスン中ですから、出て行って下さい」

「先生!?」

谷岡の優しい手が容赦なくのだめを廊下へ押し出す。

嫌だ、絶対に嫌だ。のだめは涙目になって訴えた。

「のだめ、あの人いやです！」

「……僕には、どうする事もできないよ。頑張りなさい」

助けを求めた扉は、のだめの目の前で静かに閉じられた。

閉店間際の裏軒には客が一人もいなかった。のだめが求めて来た人も。

「えっ、千秋さん？　今日は来てないよ。今夜は新しいオーケストラの飲み会があるって龍太郎が言ってたから、千秋さんもそれに行ってるんじゃないかな」

「新しいオケストラ……」

「あれ？　のだめちゃん、もうマスコットガールやってないの？」

峰父がニンジンの皮を剝く手を止める。のだめは力なく俯《うつむ》いた。

「の、のだめちゃん。ね、なんか食べてく？　ちょうどいいや！　新メニュー食べてってよ。ほら、麻婆《マーボー》煮込みニョッキ！」

「のだめ、今日は帰りマス……」

うまく歩けない。のだめはふらふらと裏軒を後にした。

III

一晩ぎゅっと目を閉じてやり過ごし、太陽が昇っても、悪夢は居座っていた。

「野田恵ーっ、どこにいる！　レッスンさぼると留年やぞ！　わかっとんのか!?」

江藤の怒鳴り声がドップラー効果で歪《ゆが》んで反響し、遠ざかっていく。

「………」

のだめは植え込みで蹲《うずくま》り、嵐が去ってから風呂敷と魔法瓶を持って立ち上がった。

千秋の新しいオーケストラの練習が始まっている。場所は桃ヶ丘音楽大学の練習室だ。

「せんぱーい、お味噌汁とおにぎり持って来ました〜」

「げっ、のだめ！」

ちゃんと休憩時間を見計らって来たのに、千秋はのだめの首根っこを掴むと、否応《いやおう》なく彼女を練習室から廊下に引きずり出した。

「お前……」

「あ、オケストラの曲は決まったんですね」

のだめは引きずられながら、千秋が持ったままの楽譜の表紙を見て、思わず吹き出した。

「千秋先輩がモツアルト？」

「なにがおかしい！」

「だって〜、モツアルトはピンク色ですヨ〜？」

「なんの話だ？」

「のだめの中のイメージカフーです。千秋先輩がピンク、あへー」

「帰れ。今すぐ帰れ！」

「ぴぎゃ！　さ、差し入れだけですぐ帰りマスから」

丹誠《たんせい》こめて握ったおにぎりだ。

「あ、それとオケのみなさんに挨拶を……」

のだめが練習室へ戻ろうとすると、千秋はすかさず壁に手をついて、のだめの行く手を塞《ふさ》いだ。

「ちょっと待て。なぜ挨拶する」

「つ、妻だから」

恥じらい。

「お前、今日レッスンじゃなかったか？」

「今日は谷岡せんせがカゼで」

「それじゃあ、谷岡先生にお見舞いの電話を」

「！　ちがいました。谷岡せんせは今、家族でメキシコに」

のだめは必死にごまかして目を逸《そ》らした。

千秋はのだめを凝視して離さない。

「……やっぱりなんか変だぞ？」

「え……」

「今までレッスンだけはサボった事なかったのに。おい、なにを隠してる」

千秋が厳しい顔でのだめを睨む。のだめが身を翻《ひるがえ》して逃げようとすると、千秋は反対の手も壁について、腕のオリの中に完全にのだめを閉じ込めた。

逃げられない。

ドアの開く音と声がする。

「千秋くん、さっき言ってたここなんだけど」

話しかけて来た男子学生は、のだめと千秋の密着状態を見て速《すみ》やかに踵《きびす》を返した。

「ごめん。お取り込み中なら、あの、またあとで」

「ああ〜っ、全然！　全然お取り込んでまセン！」

のだめは注意の逸れた千秋の腕からすり抜けて、男子学生を引き止めた。救いの天使、渡りに舟。一石二鳥、はお得だがちょっと違う。

更に、休憩時間の練習室から、お洒落《しゃれ》なメガネの学生とサラダボウルを逆《さか》さにかぶったような独特な髪型に丸メガネの学生が出て来て、千秋の話は強制終了した。

「あ、さっきの。オケもこの大学も女の子のレベル高いなあ」

「へたに手を出してオケを乱すのだ・け・は・やめてくれよな」

「はいはい」

独特メガネの不信に、お洒落メガネが軽薄に答える。

「あの、千秋先輩のオケの人ですよね？」

「あ……うん」

「差し入れ持って来たんです。よかったら食べて下さい。おにぎりとお味噌汁」

のだめは、救いの学生に風呂敷包みと魔法瓶を渡して、にっこり微笑んだ。これぞ良妻スマイル、妻として美しき心配りである。

「練習がんばってくだサイ。ごめんくだサイ」

のだめはおくゆかしく会釈をし、しゃなりしゃなりと良妻ウォークで退場した。

差し入れ完了。

千秋の言及からも無事生還。

そして、外に出たところで江藤に遭遇。

「ぎゃぼーっ」

「待てゴルァ！」

「のだめ、今日は体調がすぐれませンので」

「走っとるやないか！」

「チカーン、変態ー、むきゃーっ」

のだめは全力疾走で構内を、小路《こみち》を、建物の隙間を逃げまわった。


江藤を撒《ま》いていたら日が暮れてしまった。逃げている途中で落とした鞄《かばん》とミュールを探していたせいもある。

のだめはほうほうの体《てい》で練習室まで逃げのびた。書きかけの教育実習指導案を置き忘れていたのを思い出したのだ。荷物をまとめてさっさと帰ろう。

ドアを開けると、ピアノの前に千秋が立っていた。

「千秋先輩！　ちょうどよかったです、一緒に帰りましょう。のだめ、明日の差し入れ用にスーパーに行きたいんです」

「のだめ、いつまでレッスンさぼるつもりだ?」

「な、何の事ですか？　明日は谷岡せんせが——」

「お前の担当はハリセンだろ？」

ばれている。

「だって、なんで急に……」

「この間の俺とのラフマニノフを聞いて、ハリセンが気に入ったんだと。谷岡先生はお前の為になればってちゃんと考えてくれてるんだ。お前にはハリセンのやる気も、谷岡先生の……俺の言葉も、大きなお世話かもしれないけど」

ずるい。そんな風に言われたら、嫌がるのだめの方が悪人みたいではないか。

「どうしてそこまで毛嫌いするんだ？　走って逃げてるとこ見たぞ」

「だってあの人……っ」

のだめは言葉を詰まらせて、カーディガンの裾《すそ》をつかんだ。

「のだめは幼稚園の先生になりたいんです。他の授業はちゃんと出てます。幼児教育とか」

「向いてないって」

「え？」

「お前には先生は向いてない」

千秋が、のだめが置いていった教育実習の指導案を机に放り投げた。

「なんでですか？」

「お前に教育や指導なんてできるわけないだろう。お前は危ない事を率先《そっせん》してやる。子供を叱れない。そんなんじゃ先生にはなれないんだよ」

「のだめは幼稚園の先生になるんです！」

「俺が親なら、お前にだけは絶対預けたくない」

断言した。いくら千秋でもひどい。

「……のだめ、今日は一人で帰りマス。もう絶交です」

「おーおー、そうしてくれ」

千秋はあっさり背を向ける。

「別居デスよ！　離婚デスよ!?」

のだめの声など聞こえていないかのように、千秋は振り返りもせず出て行った。

Ⅳ

帰る場所がない。どちらを向いても周りが敵だらけになったみたいだ。

のだめは途方に暮れて、廊下の角を曲がる度《たび》にビクビクしながら警戒して、オケのリハーサル室近くにあるロビーまで来た。

「！　千秋先輩のオケの人」

「野田……恵ちゃん」

ロビーの固いソファから背筋を伸ばして立ち上がったのは救いの天使、昼におにぎりと味噌汁を渡した人だ。のだめは良妻モードに切り替えた。

「こんばんはー」

「こんばんは。あ、そうだ。僕は森光音大の黒木泰則《やすのり》。昼間は差し入れありがとう」

黒木は丁寧にたたんだ風呂敷と魔法瓶を渡してくれる。のだめはうっかり魔法瓶を取り落として追いかけた。

良妻的失態。笑顔で取りつくろってごまかしておく。

黒木はちょっと笑い返して、鉢植えのすずらんをのだめに差し出した。

「おにぎりのお礼」

「ほわぁ、キレイ。ありがとうございます」

「うん」

「こないだの二人は一緒じゃないんですね。メガネとメガネの……」

「チェロの菊地くんとヴァイオリンの木村《きむら》くん？　オケの練習は終わったんだけど、僕は予定なくて暇だったから、これ、リードでも削っていようかなと思って」

「リード……」

「クラリネットやサックスは削らなくても使えるものが売ってるんだけど。オーボエは自分で作らないといけないから」

黒木がソファに腰かけて、金属製のヤスリと削りかけのリードを見せてくれる。

小学生の頃に持っていた絵の具箱に似ている。リードが行儀よくケースに並び、工具はどれも使い古されているのにピカピカだ。

「へえー、これがリード。大変デスね〜」

「でも、それを含めて好きなんだ。手のかかる子ほどかわいいというか。オーケストラの中では地味な楽器って思われがちだけどね」

「地味って思われがちなんですか？」

「あ、いや……うん」

「のだめは好きだけどなあ、オーボエの音」

管の内側に響いて、柔らかく、時にコミカルな音色を奏でる楽器だ。

「いいなあ、オケストラ楽しそうで」

「恵ちゃんはピアノ？」

「はい」

「楽しくないの？」

「楽しいデスよ、ピアノ好きだし。でも……」

それだけじゃダメだと言う人がいる。のだめは楽しく弾きたいだけなのに。

『お前のピアノ、この俺が昇華させてみせる』

江藤はそう言って怖い顔をする。

『なんでもっと上を目指さないんだ!?』

千秋までがそんな事を言う。

「黒木くんはプロとか、いわゆる上を目指してるんですか？」

「あ、うん。とりあえずプロになる事が目標だけど」

「じゃあ幼稚園の先生になりたい私が、同じように上を目指すのって変ですよね!?」

のだめは答えを求めて黒木を見つめた。

変に決まっている。だって、のだめは自由に楽しくピアノを弾きたいだけなのだ。

「恵ちゃんの言う『上』っていうのがよくわからないけど……」

黒木は真剣な顔で少し考えてから、手探りで言葉を探すように続けた。

「音楽やってて単純にうまく演奏できたら嬉しいし、もっとうまくなったら、もっと楽しいんじゃないかなって。……だから『上』を目指すっていうのは、純粋に音楽を楽しむって事と同じなんじゃないかな。恵ちゃんはそう思わない？」

「！」

オナジコト。

思いがけない答えは、のだめをより混乱させた。

V

今日は何をして時間を潰《つぶ》そう。否、潰すだけではない。終業時間まで江藤の追跡から身を隠さなければならない。

のだめは地面に力なく視線を落として、とぼとぼと廊下を歩いていた。

と、まるで落ち込んだ彼女を励ますかのように、燦然《さんぜん》と輝いている物がある。

「ふ……おおおう！　プリごろ太のラムネ付きフィギュア！　三百五十円のォ」

高い上に中身が選べないので、貧乏学生にはおいそれと買えない代物だ。

プリリンとごろ太のフィギュアを拾い、周囲に人の目がないのを確認して鞄にそっとしまう。すると今度は、少し離れた所にリオナのフィギュアを見つけた。

「ふぉっ、パパも！　むきゃ、ママ！　おおうー、カリー！」

のだめは夢のようなお宝を次々と拾い、とうとう最後の一個に辿り着いた。

「やっとカズオ」

全種類コンプリート。輝けるプリごろ太の楽園。

のだめが至福にひたった瞬間、背後でバタンとドアが閉まった。

「！」

「今日は弁当付きレッスンや」

罠《わな》だ。いつの間にか悪のレッスン室に踏み入れていた。のだめは江藤の顔を見るなり、ダッシュして窓を開けた。

「ゴラァ、逃げるな、ちょっと待て！　俺はもうハリセンを捨てた！」

のだめは窓枠に片足をかけたところで、半信半疑に振り返った。

江藤は言葉通り、ハリセンの代わりに弁当袋を手に、神妙な顔をしている。

「この前、怒鳴った事も謝る。堪忍《かんにん》したってや。それにもう二度と叩かん。見てみィ丸腰や」

江藤がスーツのジャケットの前を開いて見せる。

ポケットもベルトも、ホルスターをしてハリセンを装備している様子もない。

のだめがじわじわと距離を縮めると、江藤はスーツのポケットの内袋までさらけ出した。その右手の方から小さな紙きれが落ちた。

「なんか落ちましたよ?」

「あっ」

拾ってみると、ノートの切れ端に汚い字で走り書きがしてある。

『野田恵の扱い方　1、とりあえずプリごろ太。2、とりあえず弁当。3、とりあえず自由に』

「はぎゃ?　なんですか、コレ」

おまけに紙の端っこには『千秋情報』と書いてある。

「千秋に聞いたんや。まずは自由に弾かせてやってくれってな。なんだかんだ言ってあいつが一番心配しとるんやろ」

「千秋先輩……」

普段はそっけない態度を取っていても、のだめの知らないところで自分を思ってくれていた。こんなに嬉しい事はない。

「!　おい、どこ行くんや。待て」

のだめは幸せのあまり、脇目も振らずレッスン室を飛び出した。

千秋はライブラリーにいた。ヘッドホンを耳にあて、机にＣＤと楽譜を山積みにして難しい顔をしている。

「千秋せんぱ――」

「真一！」

別の声に先を越された。多賀谷彩子がいる。

のだめは反射的に柱の陰に隠れて、千秋たちの方を窺った。

「まだ選曲してるの？」

「候補はいくつかあるんだけど、なかなかピンと来なくて」

「そう。東京シンフォニーホールの予約取れそうよ。私、あのホールにはちょっと顔が利《き》くのよ。はい、パンフレット。客席の図面もあるから参考になるかと思って」

「ありがとう。……でも彩子、なんでここまで？」

「せめて応援くらいさせてよ。友人として」

彩子は淡い水色のストールを引き寄せ、左右の足を入れ替えた。

「音高時代からけんかばかりしてて、つらい事も多かったけど、真一がくれた言葉を信じたいから……信じたから、歌を続けて来られたんだと思う」

「俺が？」

「初めて会った時、声がキレイだって。私も、真一の音楽を今でも尊敬してる」

彩子は独《ひと》り言《ごと》のように呟いてから、慌てて眉を吊り上げ、顔を背《そむ》けた。

「だから、借りは返さなきゃ気が済まない性格なのよ！」

千秋が苦笑する。彩子も笑い返す。

「やっと見付けたんでしょ。日本でやれる事」

「……俺ずっと、海外に行けないんじゃ意味がないって思ってた。クラシックの本場はヨーロッパだって。でも今は、日本でできる事を精一杯やりたい」

「うん」

彩子が聞こえないほど小さな声で謝った意味を、のだめは知らない。

のだめは潜める影の中で、呆然と立ち尽くした。

Ⅵ

綺麗に片付いた千秋の部屋、本日の夕飯はベーコンと温野菜のオリーブ煮込み。

のだめは千秋の美味しい手料理を黙々と頬張《ほおば》った。

「おい、絶交はどうした。別居は？　離婚は？」

「それより先輩、海外に行けないって本当ですか？」

「！　お前、なんでそれを」

「風の噂で……」

盗み聞きしたとは言えない。

「うそつけ！　盗み聞きだな!?」

さすが千秋、見抜かれた。のだめは改めて千秋と膝を突き合わせた。

「なんで行けないんですか？　エコロジー症候群ですか？　それともなにか悪い事をしちゃってパスポート作れないとか」

「いいだろ、なんだって」

千秋が一方的にはぐらかす。はぐらかしたくなるような理由。

「……もしかして、飛行機が怖いんですか？」

「！」

すると千秋は急に青ざめ、目を剝いて、水面《みなも》が波立つ水を一気に飲み干した。グラスをガシャンとテーブルに置く手は恐怖と焦燥に駆られ、呼吸は荒い。

「そーだったんですね。だから先輩、留学しないで院に進むんですね」

「いいんだ」

「？」

「今はやれるところまでやってみようと思うんだ、あのオケで」

「先輩……」

「さあ、勉強勉強」

千秋が吹っ切るように鞄を開ける。その手が何かをつかんで不意に止まった。彼が取り出したCDのジャケットには、懐かしい顔が写っている。

「はぎゃ？　ミルヒー」

「新作が出たって、佐久間さんから……」

千秋が今ひとつ分からない説明をしながら、何かに操られるように上《うわ》の空でコンポの電源を入れCDを再生する。部屋が重厚な音に包まれた。

のだめはブックレットを開いた。が、全部ドイツ語だ。読めない。

「あわわ、先輩、読んで下さい」

「ブラームス交響曲第一番。完成までに二十年を越える歳月を費やしたと言われる、ブラームス最初の交響曲」

「二十年!?」

「しかしながら、ブラームスのこの壮大な交響曲を聞けば、彼の二十年に一秒たりとも無駄な時間はなかった事が分かるだろう」

それは今という時ですら立っているのがやっとの、のだめたちにとって、とてつもなく広大で、果てしなく確かな歩みだ。音楽に圧倒される。

千秋は瞳を閉じて、脳内を模索するように険しい顔をしている。

「これだ」

そして急に立ち上がると、本棚をひっくり返してその楽譜を探し出し、慌ただしくページをめくった。

「ここからだ……ヴァイオリン……そこから……」

千秋は楽譜に鉛筆を走らせて、ブラームスの世界にのめり込んで行った。

海外に行きたいのに行けない千秋。

黒木は楽しいのと上を目指すのは同じだと言う。

のだめの胸が、締め付けられるように痛んだ。

VII

R☆S《ライジングスター》オーケストラ。

昇りゆく星と名付けられた新しいオケの初公演の告知は、名付け親である裏軒の出資で『クラシックライフ』に大々的に掲載された。

「いいでしょー、これ」

けえ子は自分で作った雑誌に御満悦《ごまんえつ》だ。隣では、佐久間が小刻みに震えている。

「ライジングスターオーケストラ……」

「来たわ！」

何が？

次の瞬間、佐久間がジャケットの前をはだけてクイックターンした。

「漆黒《しっこく》の闇に突如として現れた煌《きら》めく至宝たちよ。仰《あお》ぎ見る天に輝く希望の星たちよ。君らの奏でる音楽で神々の黄昏《たそがれ》でさえも希望と変え、この大宇宙を自由に羽ばた

ライジングスター
R★Sオーケストラ
2006年12月3日（日）東京シンフォニーホール
1階 13列 24番 開場14：30 開演15：00
全席指定￥5，000（消費税込）
【営利目的による転売禁止】
企画制作 Hyuga JAPAN
※3歳以上チケット必要

くがよい！」

「なかなか深い名前だ、と言っています」

「はう……」

詩もすごいが機敏なアクションもすごい。のだめは雑誌に視線を戻した。

各コンクールの入賞者を中心に写真とキャッチコピーが載っている。魅惑のチェリスト・菊地亨《とおる》、孤高のオーボエ・黒木泰則、東洋の真っ赤なルビー・三木清良。

そして、音楽の貴公子・千秋真一。

日本の最新鋭の若手達が終結、夢の一夜をあなたに。

のだめが練習場をのぞくと、部屋の中は熱気が大蛇のようにとぐろを巻いて滞《とどこお》っていた。

「ヴァイオリン、音程を的確に！　そこからの旋律は和音の変化に寄り添うように」

千秋の叱責《しっせき》が飛ぶ。

有望な学生の集まりだけあって、メンバーはすぐに指示に対応した。が、

「ストーップ！　お前ら、それでもうまくやってるつもりか？」

「！」

「ヴィオラだけ今のところ弾いて。リズムが甘い。こう、このリズム」

千秋が譜面台をタクトで叩き、ヴィオラチームが再び合わせようとするが、

「違う！　もう一度！」

指示に力が入るあまり、千秋は指揮棒を真っ二つにへし折った。一同が唖然とする中で、峰と真澄が秘かに視線を交わしている。

「……鬼千秋が」

「戻って来た」

まるでSオケで初めて振った時を彷彿《ほうふつ》とさせる厳しさだ。

「ただ音符だけを追えばいいってもんじゃないぞ。ソロじゃないんだから周りの音をよく聞いて、個々のフレーズが持つ意味を自分たちで考えて弾けよ！」

否、同じではない。

「音符だけを追えばいいってもんじゃないって……」

「自分たちで考えて弾け……？」

峰と桜が呟く。きっと、のだめと同じ事を思い出したのだろう。

『譜面通り、正確に！』

『勝手に物語やイメージをつけるな』

今とは正反対にそう言っていたのは、他でもない千秋だ。

「Sオケの時とはレベルが違うわね」

真澄がバチを握ってにっこり笑う。峰と桜の表情にも気合いが入る。

「俺も頑張らないと！」

「よし！」

「じゃあ、もう一回」

千秋が音に取り憑《つ》かれたように音楽に没頭していく。その熱、真剣な想い。

『のだめちゃん、今のままじゃ千秋とは一緒にいられないね』

鞄から、もう何日も読んでいない楽譜がのぞいている。

のだめは楽譜を手に取り、しかし開かずに鞄に押し戻した。

VIII

テーブルに缶詰が並んでいる。

千秋は何かに気を取られるといつもこうだ。

「のだめはいいんですよ？　別に缶詰でも。でも世の中にはお惣菜《そうざい》とかお弁当とか、色々な食べ物があるんだって事は知っておいてほしいんデス」

「文句があるなら食うな」

「文句なんか言ってません。ただ先輩も一度、この熊肉を食べてみたらどうかと」

「俺は食欲ないから……」

千秋は楽譜に目を落としたまま、のだめをチラとも見ない。床には栄養ドリンクの瓶《びん》が散乱している。まさかずっと何も食べていないのでは。

「ふおおっ、飲み物ばっかりじゃダメですよー。お腹にたまるもの食べなきゃ！」

のだめはコンビニ袋を漁《あさ》って、とっておきのプリンを皿に開けた。スプーンで一口すくって千秋の口に運んでみる。

「はい、先輩！　あ〜ん」

千秋は上《うわ》の空で小さく口を開け、ぱくっとプリンを食べた。

感動だ。いつもなら絶対嫌がるのに。

今なら——のだめは風呂に湯を張り、千秋を脱衣所まで引きずった。千秋は楽譜に集中して周りの一切が見えていないようだ。無抵抗でされるがままにしている。

「先輩、お風呂が沸きましたよ。とりあえずキレイになりましょうネ。のだめがシャンプーもしてあげますから」

のだめは千秋のシャツのボタンを外していった。と、突然の衝撃。

「ぎゃぼっ」

千秋にグーで殴られた。

「正気だったんデスネ……」

残念。

「でも、少しは寝た方がいいですよ。先輩」

「今できる事をやるんだ。一秒も無駄にしたくない」

「でも」

「それに……どうせ眠れない」

千秋は床に座り直すと、再び楽譜を広げて、しかし曖昧《あいまい》に焦点を泳がせた。

「え？」

「最近、変な夢ばっか見て、あんまり眠れないんだ」

「変な夢？」

「多分《たぶん》、飛行機系。お前はもう飛行機恐怖症の事、知ってるんだよな……。十年前、プラハから戻る時に胴体着陸に遭《あ》って、それ以来……」

千秋の顔はひどく青ざめて、楽譜を持つ手が微《かす》かに震えている。飛行機を怖がる裏には過去の経験があったのか。それにしても、大きな怪我《けが》をしたわけでもないのに。

「飛行機恐怖症って、治らないんですか？」

「昔から色々治療はして来たんだ。心療内科や催眠療法。でもかからなかった。俺はガードが固いタイプらしい」

「……、そうだ！　先輩、こーゆーのはやった事ありますか？」

のだめはポケットからミルヒーの懐中時計を取り出し、左右に振ってみせた。

「なんか昔の映画でこーゆーのあったデスよー」

「ばーか。そういうのは凝視法っていって、俺だってすでにペンライトとかで受けた事あるんだよ」

「ほわあ、経験済みですか〜。でも時計はどうデスか？　ほら、ねむくな〜る」

「そんなんで効くくらいなら……、今まで……、……」

「え、先輩？」

千秋は、眠ってしまった。のだめは慌てて千秋の肩を揺すった。

「先輩？　うそ、起きて下さい。起きて！」

「苦労してないんだよ」

千秋は起きるなり、寝ていた数秒がなかったかのように会話を再開する。

「……ねむくな～る」

もう一度、のだめが懐中時計を振ると、千秋は時計に視線を誘われ、吸い込まれるように眠りに落ちた。

スヤスヤと眠る千秋。カチカチと秒針を刻む時計。

のだめは信じられない思いで呆然として、とりあえず千秋に毛布をかけた。


翌日、のだめは通学路の本屋に立ち寄った。

今まで気にした事もなかったが、よく見ると催眠術の本は品ぞろえが豊富にある。

「よくわかる催眠の本……催眠で恐怖症を克服する……」

精神的恐怖の原因を、退行催眠で過去にさかのぼって探り、取り除く。

のだめは本を平台に戻して、本屋を飛び出した。

飛行機恐怖症が治れば、千秋は海外へ行ける。

飛行機恐怖症が治ったら、千秋は海外へ行ってしまう。

隣の部屋、そして大学からもいなくなる。

マンションの階段を昇る足が時々段を踏み外して、のだめはよろよろと部屋の前まで辿り着いた。

「のだめ」

「！　千秋先輩」

いきなり千秋の部屋のドアが開いて、のだめは床から飛び上がった。

「コレ、明日のチケット」

「え？　のだめ、自分で買いましたよ？」

R☆Sオケの初舞台で晴れ舞台だ。発売と同時に買っている。

のだめが鞄に入れっ放しのチケットを見せると、千秋はやっぱりと溜息を吐いた。

「一番安いやつじゃねーか。これは一番いい席。タダでやるからこっちで入れ」

「ほわお。か、彼女席ですか？」

「そうじゃなくて……」

千秋が顔を引きつらせる。それでも、のだめはとてもとてもとても嬉しい。

「いいから聞け、俺さまの音楽を！」

千秋はチケットを持った手でのだめの頭を叩き、踵《きびす》を返して部屋に戻って行った。

のだめは自分の部屋で、コタツのゴミをよけてチケットと懐中時計を並べた。

「…………」

飛行機恐怖症が治ったら――。

「……素人はマネしちゃいけないんだもん」

のだめは懐中時計をジュエリーケースにしまって枕を抱えた。

IX

ホールの扉が開かれる。

表に出された看板には大きな文字で『ライジングスター・オーケストラ』。

人の流れは途絶《とだ》えず、チケットを手に次々と集まって来る観客の中には、元Sオケのメンバーや、雑誌で見た事があるような外国の演奏家もいる。

のだめは、千秋にもらったチケットでホール中央寄りの席に座った。

照明が徐々に暗くなり、ざわついていた会場が静かになる。オケが準備を整えて、最後にオーボエの黒木と千秋が燕尾服で現れた。

「ブ、ブラボー」

のだめは緊張で固くなった手で、一際《ひときわ》大きな拍手を送った。

千秋は楽譜と自分が、ボロボロになるまで勉強し、皆と練習していた。

『今は、日本でできる事を精一杯やりたい』

のだめは千秋の言葉を思い返し、祈るようにステージを見つめた。

一曲目、モーツァルト、オーボエ協奏曲。

黒木のオーボエがトリルから音階を駆け上がる。軽やかで華やかなオーケストラに誘われて天へと続く階段を昇る、花びらが舞うようなモーツァルトだ。

『好きなんだ。手のかかる子ほどかわいいというか』

黒木は少し頬を赤らめて言っていた。うん、気持ちがいい。

のだめは瞳を閉じて、心地よい音色に身を任せた。

そしてメンバー構成が増え、峰や桜もオケに加わった二曲目。

ブラームス、交響曲第一番。

始まりは、真澄のティンパニーが悪魔の足音のように忍び寄る。重く静かに、情熱と絶望の対立する旋律。

絶望はブラームスの心の傷に深く入り込み、全身が闇に飲まれてしまう。

『ずっと、海外に行けないんじゃ意味がないって思ってた』

音に引き込まれる。千秋の指揮が闇を奏で、彼自身の背中に深い絶望が見える。

『だったら千秋、お前この先どーすんだよ！　ピアノ科で院行ってお前……』

『そんな非現実的な話に花を咲かせるほど暇じゃない』

千秋は峰の言葉を拒絶した。それは先のない現状の延長だ。

それでも、今いる最高のメンバーが集い、峰と桜も彼の課した条件を乗り越えた。

『Aオケ入ったぞ！　ざまあみろ』

やがて曲は第四楽章の始まり、ダイナミックなヴァイオリンがトリッキーな打楽器に導かれて、短調から長調に転じる。

JOHANNES BRAHMS
Symphonie Nr.1
Opus 68
G. HENLE VERLAG
BREITKOPF & HÄRTEL

千秋は前を向いた。

『今はやれるところまでやってみようと思うんだ、あのオケで』

食事も忘れ、無精髭《ぶしょうひげ》すら放置して、魂ごと曲に投じるように。

『いいから聞け、俺さまの音楽を！』

千秋の音楽。

絶望から希望と救済へ。歌う、喜びのコラール。

歌え、歓喜の歌を――。

音が胸に押し寄せて、のだめの両目から大粒の涙が零れ落ちた。

そして、ツェー・ドゥア（ハ長調）。

千秋のタクトがオーケストラを振りきった。

「――」

「――……ブ」

「Ｂｒａｖｏ！」

一人が立ち上がった瞬間、限界まで空気を入れた風船が堪《こら》えきれず破裂するみたいに、会場が一斉に沸いて全ての客が大歓声と共に立ち上がった。

のだめはただ一人、椅子の上で膝を抱えて泣き続けた。

X

千秋がベランダでぼんやりしている。タバコに火を点けて、螺旋《らせん》を描いて空にのぼる煙を見るともなしに眺めている。

のだめはそろそろとベランダのサッシを開けた。

「先輩～」

「なんだ？　メシなら鍋にポトフがあるぞ」

「知ってますけど、そうじゃなくて。今日は先輩にプレゼントがあるんです」

「は？」

千秋が首を傾げながらソファに座る。そんなに訝《いぶか》しがらなくても。

「演奏会が大成功したご褒美《ほうび》デス」

「な、なんで俺がお前から褒美なんか！」

「まあそう言わず」

のだめは懐中時計を取り出して、千秋の前に垂らしてみせた。

「あ、なに？　それくれるの？　実はちょっと狙ってて……」

千秋が意外と現金に時計をつかもうとする。のだめはチェーンを揺らして、千秋の手から時計を遠ざけた。

「その前に、よく時計を見て下さい」

「?」

「あなたはまぶたが重くて重くて、目を瞑《つぶ》らずにはいられなくなりマス」

「………」

「はうー、がまんできまセン」

素直に左右に揺れる時計を目で追っていた千秋は、あっさりと眠りに落ちる。

「えと、次は……」

のだめは催眠術の本を開いて、手順を確認した。

「あ、あなたは今、プラハから日本へ行く飛行機の中にいます。あなたは十一歳」

「………」

「周りに何が見えますか?」

「……音楽好きの……おじいさん」

「!」

千秋が虚《うつ》ろな口調で、のだめの問いに答えた。

「ヴィエラ先生のコンサートのパンフレットを持ってた」

＊

千秋は、ヴィエラ先生と師弟の約束を交《か》わして、母と日本に帰ろうとしていた。飛行機は満席で、通路を挟んだ右隣に老夫婦がいる。

おじいさんの方はコンサートのパンフレットを開いて、隣にいる奥さんに『また来年も行こう』と何度も言って笑った。

ところが突然、機体がガタンと揺れ、どよめきと悲鳴が起こった。

「みなさん、落ち着いて下さい！　シートベルトをして頭を下に！」

千秋は言われた通り、身を屈《かが》めて下を向いた。

その時、カシャーンと通路に薬瓶《くすりびん》が落ちた。

「？」

「あなた。どうしたの、あなた！」

右隣の奥さんが焦った声で呼びかける。おじいさんが苦しそうに胸を押さえる。

「薬、薬はどこ!?」

「あ……」

千秋は床に手を伸ばした。瞬間、再び機内が激しく揺れて、上下左右、我が身すらままならない。千秋の手は届かず、薬瓶は前へ転がって、取る事ができなかった。

『また来年も行こう。プラハへ、二人で一緒に』

老夫婦はそう笑っていたのに。千秋だけが薬瓶の在《あ》り処《か》を知っていたのに。取る事ができなかった。おじいさんは、亡くなった。

＊

千秋の閉じた瞳から涙が零れる。

「僕だけが知ってたのに……」

これが、千秋に絶望を背負わせた心の傷。

のだめは千秋の手を握り、優しく語りかけた。

「先輩のせいじゃないですよ」

「………」

「先輩は子供で……じゃなくても、きっと誰にも、どうにもできなかったんです。だからもう、いいんですよ」

のだめは千秋の手の平に懐中時計をのせた。

「大丈夫、先輩はもう飛行機に乗れます。北海道あたりで試してみて下サイ」

本を閉じてそうっと立ち上がる。

部屋のグランドピアノ。ヴィエラと写った幼い千秋の写真。棚の楽譜、テーブルのタクト。千秋は幾度となくのだめを助けてくれた。

のだめは催眠解除用にタイマーをセットしてテーブルに置いた。

「神さまが呼んでるから、行かなきゃ」

最後に千秋の寝顔を振り返り、静かに玄関のドアを閉じた。

XI

レッスン室のピアノの椅子で足を組み、江藤が貧乏揺すりをしている。

のだめがドアを開けると、江藤は呆れたのとまだ半分くらい疑っている様子で笑顔を歪《ゆが》めた。

「野田恵、ついに観念したか」

「江藤先生」

大股《おおまた》で近づくと、江藤が僅《わず》かにたじろぐ。のだめは真っ向から江藤を見すえた。

「のだめ、コンクル出ます」

「は？」

「よろしくおねがいしまス！」

のだめはしゃんと背筋を伸ばして、江藤に挙手敬礼した。

◉第7章◉

I

江藤の自宅に合宿し始めて、のだめがまず驚いたのは、奥方のかおりさんがかわいい事だ。美女とハリセン、人魚と醜《みにく》い魚の童話的ロマンスを想像させられる。しかも料理がうまい。歌もうまい。お陰でのだめは満腹満足だ。

「起きんかい、コラァ！」

江藤に首根っこを掴まれて、のだめは自分が居眠りをしていた事に気付いた。

「はうー、なんでしたっけ？」

「一次予選の曲！　シューマンとシューベルトどっちがええ言っとんのや！」

「そでした、コンクルの曲」

のだめは並べられた楽譜を見比べて、右の方を選んだ。

「これにします、シューマン」

「シューベルトやろ！」

「あれ？」

言われてよくよく見直すと、選んだ楽譜はシューベルトだった。似てるから。

「お前、ホンマにやる気あるんか？」

「やる気まんまんです、ちゃんと予習もしたんデス。さっそく弾きますヨ」

シューベルト、ピアノ・ソナタ第十六番。

のだめは鍵盤に指を下ろした。シューベルトの音はちょっと固い。厳格というか、きちんとした人というか、そんな風なイメージが曲にある。

のだめは楽譜の最後まで弾き終えて、やれやれと肩を下ろした。

「どうですか？　優勝できますか？」

「お……お前、一位取るつもりなのか？」

「はい、そうですけど？」

江藤が当たり前の事を聞く。彼が愕然《がくぜん》とする意味が分からない。

「『けど？』って……お前、ついこの間までまともなレッスンも受けてきいへんかった奴が、いきなり一位なんか取れるか！　コンクールはそんな甘ない！　特にお前は準備期間も少ないし、今回は来年に向けたひとつの貴重な経験として——」

「来年じゃ遅いんですヨ」

「え？」

「負けるために、コンクルに出る人なんていうるんですか？　特にこのマラドーナ・ピアノ・コンクールは賞金がなんと二百万円も出るんデスよ！　しかも一位になると、留学の資金援助もしてくれるんです！」

「……お前、まさかそんな理由で？」

のだめの力説に、江藤が肩を落としてピアノにもたれかかった。

「耕造さーん、のだめちゃーん。ごはんですよ〜」

かおりの明るい声がレッスンの中断を告げる。

のだめと江藤が疲れた身体を引きずってダイニングへ行くと、たらばガニ、ずわいガニ、更にトゲ付きのウニがテーブルを占領していた。

「おお、どないしたんや、こんなに」

「とってもステキな男の子がわたしにって」

「はあ？」

かおりはかわいくてユーモアも満載だ。彼女はホホホと笑って訂正した。

「うそうそ、千秋くんよ。千秋くんが持って来てくれたの」

「え……」

のだめは再びカニの山を見つめた。

北海道土産《みやげ》。千秋は飛行機に乗れたのだ。これで海外に行ける。行ってしまう。

のだめはカニの足を折り、湯気《ゆげ》の立つ白い身を口いっぱいに頬張った。


練習は難航した。

「でたらめ弾くなー！」

レッスンを再開して数分と経《た》たないうちに、江藤の喝《かつ》が飛んだ。彼が愛用のハリセンを置いていたら、後頭部をもう十回は張り倒されていただろう。

「楽譜どおりに！　勝手に音を増やすな！　そこは切るとこちゃうやろ！」

十回——いや、二十回は。

「ええか。音を勝手に増やしたり変えたりする事は絶対あかん。その曲や、作曲者をちゃんと理解していないっちゅー事になるんや。特に、この一次予選の曲は基本的な技術なんかを見て振り落とするだけなんやから、余計な事はせんでええ」

「あの……」

のだめは眉をしかめて、真剣な面持《おもも》ちで江藤を見上げた。

「コンクルって、裏技があるって本当ですか？」

「はあ？」

「審査員の先生の門下の生徒さんが有利だとか、そゆ人にお歳暮送ったりするとか、そのお歳暮の箱の底にはお金が入ってるって本当ですか!?」

時代劇でよく見る黄金色のお菓子というアレだ。

「江藤先生にはコネないいんですか？　今からでもお中元送った方がいいいんですか!?」

「なに考えとんのじゃ！」

「でも」

「マラドーナ・ピアノ・コンクールは奏者が番号制で名前も学校名も明かされへん。審査員もほとんどが外国人や。中元なんか送れるか！」

「――じゃあ、裏技は使えないんですね」

「お前……本当に心が真っ黒やな」

「みんながズルできないならいいんです。安心しました」

「は？　する方やないんか……？」

のだめは気を取り直して、再び鍵盤に向かった。

しかし、どうもうまく弾けない。

ミスがひとつ減ると代わりに別のところが狂う。江藤の表情が段々と曇る。

「もしかしてお前、めっちゃシューベルト苦手なんちゃうか？　なんで一次の曲、シューベルトにしたんや？」

「な、なんでって……なんとなく付き合った事のないタイプの人と付き合ってみたくなったっていうか、そんなカンジです」

「！　付き合った事ある奴と付き合え！　アホちゃうかーっ」

江藤の怒りが脳天を突き抜けた。

II

分からなくなってしまった。シューベルトは、なかなか楽しく弾かせてくれない。

のだめは客間のベッドに倒れ込み、携帯電話を取り出した。

「千秋先輩」

新規メール画面を開いて宛先を指定、タイトル『シュベルトは』。

「気難しい人みたいで、がんばって話しかけてもなかなか仲良くなれません……あ！

お昼はかに玉でした、っと」

のだめは送信ボタンを押して、ベッドにうつ伏せになった。疲れた、眠い。

「のだめちゃ〜ん。ちゃんとお風呂入ってから寝なさいよ〜」

「はーい」

返事だけ。もう明日でいい。今日はもう寝たい。沼に沈むみたいに夢の世界に引きずり込まれて、のだめが意識を手放しかけた時、携帯がメールを着信した。

飛び起きて画面を開くと、送信者の欄に千秋の名前がある。

「ふおお……」

のだめは一気に目を覚まして、本文をスクロールした。

『本当に気難しい人なのか？　自分の話ばかりしてないで、相手の話もちゃんと聞け！　楽譜と正面から向き合えよ』

文面が千秋の声になって、のだめの耳に聞こえて来るかのようだ。

そういえば、前にも誰かに言われた事がある。

『もっと音楽に正面から向き合わないと、本当に心から音楽を楽しめまセンよ』

ミルヒーだ。彼は言った。

『のだめちゃん、今のままじゃ千秋とは一緒にいられないね』

忘れない、別れの日の言葉。

『いられないよ』

「………」

閉じた携帯電話が重い。冷たい、懐中時計と同じ重み。

のだめはレッスン室へ戻り、曲を辿りながら楽譜と睨み合った。

「メゾピアノ、テンポ、フォルテ……あっ、そか、一音多い。付点、付点……」

細部を見比べると、小さなズレが重なって、音が息苦しくなっているのが分かる。

「あれ？」

『指ちがう！』

「ああ」

二台ピアノで、コンチェルトで、千秋が教えてくれた。

『転調、忘れるな！』

「はいっ」

ずっと彼は教えてくれていたのだ。その意味を今になって知る。

『一音、一音、無駄な音なんてないんだぞ。ホラ、つながって、流れ出す。見えて来ないか？　この曲の情景が』

楽譜を追う事。音楽を理解する事。紡がれた曲が光の世界を奏でるように。

シューベルトが微笑む。

そして、マラドーナ・ピアノ・コンクールが始まった。

III

シューベルトは気難しくて、厳格で、けれど固いだけだと思っていた音は、光を当てるとキラキラする。少しは仲良くなれただろうか。

一次予選。

のだめはシューベルト、ピアノ・ソナタ第十六番を弾き終えて椅子を立った。ドレスの裾《すそ》が引っかかって大きな音がしてしまい、反動でおじぎがよろける。

と同時に、会場から歓声が上がって拍手が降りそそいだ。

皆が、のだめに拍手を送ってくれている。音のキラキラが残っているみたいだ。

のだめはえも言われぬ気持ちになった。

「一次予選合格しました。先輩もがんばってください、ラブ」

メールを打つ指も踊り出す。のだめの心は、前向きな意欲に満ち溢れていた。

ところが二次予選、江藤の言うように付き合った事のある相手を選んだにもかかわらず、のだめの調子は最低の所まで落ちた。

ショパンのエチュード作品10―4。

初めてこの曲を弾いた時、周りの人たちはとても驚いた。

『もうこんな曲弾けるんだ』

『すごいね、恵ちゃん』

『すごいぞ』

細かい音の連続、連なる、押し迫る波。

そうして訪れた過去の日々。記憶が連鎖して負のイメージが掘り起こされる。

嫌々《いやいや》三曲をこなしてどうにか次に繋いだ――予選を通過したのが不思議なくらいののだめに、江藤は目の前の鉄板に負けじと活動期の火山のごとく憤怒《ふんぬ》した。

「なんや！　あの態度は！」

「ちょっと、なんか……昔のイヤなこと思い出して」

「思い出すな、そんなもん！　神への冒瀆《ぼうとく》や！」

焼肉屋の前かけを引っ張られて、折角《せっかく》のごちそうの席が説教部屋に変わる。

「トイレ、のだめトイレ行って来ます」

のだめは必死にもがいて江藤の手から逃げ、女子トイレに駆け込んだ。江藤もここまでは追って来られまい。

だが、今日のエンカウント率は最高値らしい。トイレで彼以上の強敵に遭遇した。

「ふぉっ、多賀谷さいこ」

言った瞬間、のだめの頬に平手の一撃。

「ぼへっ」

「あら、ごめんなさーい。呼び捨てにされたものだから、つい」

のだめは洗面台に倒されて、恨めしい眼差しで彩子を見上げた。彩子は綺麗な顔で鋭くのだめを睨んでいたかと思うと、徐《おもむろ》に彼女の手を取ってボソリと呟く。

「こういうのに弱いのよね……」

「？　あのう」

誰が何に弱いのか、何の話をしているのだろう。

彩子はフッと表情をゆるめると、小首を傾げてのだめの顔をのぞき込んだ。

「そのクマ、ボロボロの肌、睡眠不足が美容を損《そこ》なうって本当なのねえ。ひどい顔」

「むきゃーっ」

「鼻の頭にニキビ」

彩子が細い指先でちょんとダメ押しをして高笑いする。のだめは言い返せない。練習練習でほとんど徹夜続きだったし、鏡に映る自分の顔は疲労マックスだ。

「あなたの事、見直したわ、ちょっとだけ」

「え？」

「頑張ってね、ピアノ」

よく分からないけど嬉しい。あの多賀谷彩子がのだめを褒《ほ》めてくれている。

「それじゃあ、私と千秋先輩の仲は公認という事で」

「当の真一があなたに振り向くかどうかは別問題じゃない？」

「ぴぎっ」

彩子がまた笑う。けれど、嫌な感じはまったくしない。

元気が出た。


三次予選、これを通れば本選へ進む事ができる。

のだめはかおりにドレスを着せられて、ファンデーションを顔に押し付けられた。

「ぎゃぼーっ」

「だめよ、お化粧くらいしなきゃ。顔がドレスに負けちゃうでしょ！　寝ぐせも直して。今日は華やかな顔して弾くのよ～。ドビュッシーの〈喜びの島〉でしょ？　恋しちゃってルンルンな曲なんだから」

「え、そなんですか？　パトロンのナデジタからもらった年金で買った別荘で書いた晩年の曲じゃなかったんですか」

「それ、違う作曲家じゃ……ドビュッシーはね、前の妻を捨てて新しい恋人とバカンスに行った島で、幸せいっぱいにこの曲を書いたのよ。ふざけた話でしょ～」

かおりが化粧する手を止めて肩を竦《すく》める。

「でもまあ、恋ってそーゆー恐ろしいものよね。わたしも未だに時々、耕造さんが花しょってるように見える事があるのよ」

「それは……恐ろしいデスね」

花を背負った江藤。間違っても見たくない。のだめは頭を振って嫌な想像を払い、視界の端で携帯電話が点滅しているのに気付いた。メールを受信している。

「ふおお、先輩」

メールは短く、たった十五文字。

『頑張れ。本選は見に行けるから』

血液の代わりに、喜びが全身を巡るみたいだ。顔が熱い。

恋しちゃってルンルン、南の島のバカンス、多分ドビュッシーもこんな感じ。

三次予選通過。

「のだめです。本選で待ってます」

千秋に念願のメールが打てた。

Ⅳ

「野田さん、すごいよ」

褒《ほ》めてくれたのは、江藤塾からコンクールに出場している八番、坪井《つぼい》だ。

コンクールは、自分の演奏順が終われば、後の人の演奏を客席で観てもいい。坪井はのだめの隣に座って、人の善さそうな顔でにっこと笑った。

「ボク、初日から他の人の演奏もずっと見てたんだけど、野田さんの時はお客さんの反応が違うよ。もうファンがいる感じ」

あの拍手と同じ感覚。お腹《なか》のちょっと上の辺りが温かくなる。のだめはごろ太フィギュアに付いていたラムネ菓子をそっと坪井に差し出した。

「やめやめ！　二次予選見たやろ。あんなン褒めたら――」

「そりゃ……表現は独特すぎだったけど、野田さんの技術はすごいですよ。あの二十一番といい勝負じゃないですか？」

「あー、瀬川《せがわ》か」

江藤が共感というより、瀬川の名前自体に反応して眉を下げる。

「あいつは高二の時に押コンで一位になって、それから留学してたらしいな」

「やっぱり注目されてるみたいですねー。テレビ局もドキュメントで追ってるとか」

「みんな、あいつが本命や思うとるンやろなあ」

本命、つまり優勝候補、つまりライバル、標的。

「二十一番……瀬川……」

のだめは番号と名前を口の中で反復した。ターゲットロックオン。

「ほら、野田さん。あれが瀬川悠人《ゆうと》だよ」

「！」

拍手に迎えられて舞台袖から小柄なメガネの出場者が現れる。

彼は慣れた動作で会場にお辞儀をして、音も立てずに引いた椅子に浅く座ると、徐《おもむろ》にピアノを弾き始めた。

ラヴェル、夜のガスパール〈スカルボ〉。

夜な夜な人足途絶《ひとあしとだ》えた町中をうろつく奇怪な悪魔。

「やっぱうまい……和音の響きもいいし、変奏部分の叙情性もよく出てる」

坪井が感嘆する。綿密で繊細で表現力もある。まるで彼自身がスカルボだ。

「すごい、ミスがない！」

瀬川は最後の一音まで完璧に弾き、満場の拍手に讃《たた》えられて本選進出を決めた。


絶対に一位にならなければならない。

のだめは江藤家に帰るなり、朝も昼もなく練習室に閉じこもった。

「あ、違う。2の指から……」

速い音に指がつかえて絡まる。指を間違えたからだ。

「違う……リズムが合わない。なぜ、そうなる……シューマン」

しっくり来ないのは、何処《どこ》かがおかしいからだ。過不足か、かみ合わせか、何かが狂っているからだ。曲が前後上下左右に散らばって洗濯機の渦みたいになっている。

のだめは宙に両手を浮かせて、音の端を、全体の輪郭を、律動を探した。

「あ……」

つかまえた。

バラバラだった音がストンと形を得て身体の中に降って来る。

「おーい、野田。お前、学校——……野田!?」

ゴンと鈍《にぶ》い音がして、ハリセンの声と、手足の感覚が真っ暗の向こうに遠のいた。

＊

パガニーニの輪をくぐれば十五クロウサギ。

七色の光、炎がチラチラ点滅して、連なるのは白い真円の輪だ。

「のだめ、くぐりマス!」

着ぐるみで手を上げてスタート地点に付くと、カズオたちが口々に揶揄《やゆ》した。

「無理無理、やめなよー」

「一角マングスのくせに、なんだよ今さら」

「ハブが好きなんじゃなかったのお?」

「言っとくけど——」

小さな悪魔が振り返る。スカルボ、人を惑わす小悪魔。

「ミスしたら、ハリセンボンの刑だよ」

数々の光が一気に強くなり、辺りが真っ白な空間へと膨張する。地平線にポツリとあるのは、見覚えのある防音扉だ。

「知ってるだろ、君も」

スリットのガラス越しに、トゲの棍棒《こんぼう》を構えた人影が浮かび上がる。

「昔、あの部屋に行ったよね。恵ちゃん」

「！」

のだめはハッとして目を開けた。

見えたのは天井、壁には果てがあり、額に冷たいシートが貼られている。

「夢……」

何処までが。何処からが。

「ゆーと、くん……」

のだめは掠《かす》れる声で彼の名前を呼び返し、まぶたの上に腕を重ねた。

V

明るい和音と、賑《にぎ》やかで少しだけ物悲しい雰囲気で細かな音がくるくる踊る。

「これが〈ペトルーシュカからの三楽章〉や」

「ベトルシュカ……にぎやかな、おもちゃの国のお祭りみたいな曲ですネ」

のだめはコンポから流れる音を身体の中に通した。

「もう一回最初から」

「のだめちゃん！　時間よお！」

かおりが大荷物を抱えて飛び込んで来る。

「もう本選会場行かなきゃ。ドレス着なきゃーっ。急ぐのよ！」

「間に合わんかったか……」

本選は三曲。一曲丸々、たった一度通す事さえできなかった。

のだめは電車の中で膝の上に楽譜を広げ、さっき聞いた音と指を重ね合わせた。

タラタラタ、タタタタ、タタタタ、

〈タンタラ、タラララ、チャンチャンチャーン〉

「もしもし……山田？　今、何処よ」

第一楽章の途中で、隣の席に座る男の携帯電話が乱入。車内ではマナーモードにして下さいと、アナウンスのお姉さんがあれほど何度も頼んでいるだろうが。

「野田！　次、降りるぞ」

「のだめちゃん、早く早く」

「いいか、野田」

江藤は真面目《まじめ》くさった顔でのだめの手首を摑んだ。

「もともと足りんかったけど、寝込んだ時点で完全に時間オーバーや。三曲目は弾かすわけにはいかん。それこそ神への冒瀆や。……おい、野田？」

今ののだめには、ペトルーシュカ以外の音はいらない。声も、光さえ。

のだめは早足で会場に入り、廊下の椅子に座って、楽譜の上で練習を続けた。

絶対に一位にならなければ――。

「恵ちゃん？」

夢が、現実にはみ出した。

「やっぱり恵ちゃんだ。その口、ひょっとこメグちゃん」

「ゆーとくん……」

演奏者番号二十一番、瀬川悠人。フルネームを聞くまでは夢にも思わなかった。

瀬川は相変わらずきちんと服を着て、丸いメガネの奥で悠然と笑う。

「まだピアノやってたんだ。ていうか、コンクールに出て来るなんてびっくりだよ」

「…………」

「今日ね、花桜《はなざくら》先生も観に来てるよ」

一瞬、のだめの頭の中が真っ白になった。

「へー、ペトルーシュカ。ボクもその曲弾くんだな」

「同じ曲……」

「ボク、もうキミには負けないよ。なんとかもハタチすぎればタダの人、ってね」

瀬川が母親に呼ばれて、のだめの前から立ち去る。

はみ出した夢とここにある現実と、のだめの夢。

のだめは両の目を確かに開き、音と楽譜と指の動きを反芻《はんすう》した。

VI

マラドーナ・ピアノ・コンクール本選。

千秋は観客席に座り、携帯電話の既読メールを開いた。

『のだめです。本選で待ってます』

マンションから消え、江藤の所でコンクールに向けて特訓していると知った時は驚いたが、本当にここまで来るとは、たいした奴だ。

本選ともなると、どの演奏者も確かな実力と練習を持って舞台に臨んで来る。

(あ、あいつ知ってる。ハリセン門下の四年生)

演奏者番号八番の一曲目はベートーヴェン、ピアノ・ソナタ〈月光〉。千秋と江藤の最後のレッスンで弾いていた曲だ。

(ハリセンがいつもやたらと強く速く弾かせたがった第三楽章……)

『馬鹿の一つ覚えみたいにフォルテ！　フォルテ！　コンフオーコ！　てめぇの生徒はみんな同じ弾き方すんだよ、気持ち悪りィ』

『もう俺のレッスンには来んでええ。俺の見込み違いやった』

互いに売り言葉を投げつけて別れた。

しかし、八番のピアノに火のような焦燥感は影もない。丁寧で情感のこもった、どっしり聞かせる演奏だ。

（ハリセンも変わったな……）

千秋は演奏者八番に惜《お》しみない拍手を送った。

本選がつつがなく進む。いよいよ、のだめの番が近づいて、千秋は心臓が不整脈を打ち始めるのを感じた。

（三曲も……本当にできているんだろうか。だいいち、本選に残れるほど、あいつのピアノは変わったのか？）

『最近変わって来たような気がするんだ。本人は気付いてないかもしれないけど』

谷岡はそう言って、江藤と担当を交代したが。

不安だ。前の出場者の演奏が終わって、次は、のだめが、

「出たー！」

会場から日本のコンクールにあるまじき笑い声が上がった。

「寝ぐせドレス！　今日もすげー。パワーアップしてるぞ！」

「オチはスカーレットかよ。やっぱ面白れ～」

舞台袖から現れたのだめは、大きく膨らんだドレスの裾をつまんでわっさわっさとピアノの前に移動する。

「演奏も面白いのよ。気分で変わるというか、ムラがあるというか」

「へえ、今日はどうかな」

観客同士の会話が聞こえて、千秋は貧血で倒れそうになった。

（やっぱり、綱渡りだったんじゃねーか！）

のだめが挨拶をして椅子に座る。一呼吸、手が鍵盤に置かれた。

モーツァルト、ピアノ・ソナタ第八番。

ピアノの音は、ヴァイオリンなどの弦楽器と違って、鍵盤を押せば鳴る。だから誰が押しても同じかと言えば、実際には、たった一音鳴らしただけでも違いが分かる。

生まれて初めてピアノに触った人の音が筆で描いた線だとしたら、うまい人の音は鉛筆よりペンより細く、より澄んだ音に近づいていく。

そして、一握りの音楽家の音は線を通り越して『粒』になる。

音という純粋なかたまりだ。

（選曲もいい。こいつの多彩な音がよく引き出されて、まるでオーケストラの音だ）

幅広い音域で曲が繊細に紡がれて、モーツァルトには数少ない短調作品だが、音色は清流のようでありながら感情豊かな響きがある。

（え……）

二曲目は、観客に拍手をする隙《すき》を与えずフォルテから始まった。

シューマン、ピアノ・ソナタ第二番。

（渾身《こんしん》の……こんな演奏をするあいつを、初めて見た）

鬼気《きき》迫る集中力。執拗《しつよう》なまでのシンコペーション。そのリズムの持つ切迫感に、取り憑《つ》かれていくように。

息も吐《つ》かせずのだめが曲を結ぶと、会場が嵐のように沸いた。

「ブラボー！」

割れんばかりの歓声だ。拍手が鳴り止まない。

のだめはピアノを前にじっと座り、次の曲を弾き出さない。もし三曲目が間に合わなかったのだとしたら。

棄権の二文字が千秋の脳裏を過《よぎ》った。

（『本当にできているんだろうか』？　いや——）

千秋はのだめの横顔を見すえ、肺いっぱいに息を吸い込んだ。

（のだめ。まだまだ、こんなもんじゃないだろう？）

彼女の手が動く。

三曲目が始まった。

ストラヴィンスキー、ペトルーシュカからの三楽章。

第一楽章〈ロシアの踊り〉。

人形使いの笛の音で生命を吹き込まれた三体の人形が、謝肉祭で賑《にぎ》わうペテルブルクの観衆の中でぎこちなく踊り始める。

うるさくならない、軽やかなスタッカートが祭りを歌う。

タラタラタ、タタタタ、タタタタ、

「――」

曲が中盤に差しかかった瞬間、のだめのピアノがぴたりと止まった。

観客全員が硬直して、緊迫した静寂に身を潜めている。数秒後、沈黙の中に再びピアノの音が与えられた。

「あれ、復活した？」

「いや……あれは……」

客席が密《ひそ》やかにささやき合って気付き始める。

（作曲してる！）

のだめが弾いているのはペトルーシュカではない。旋律はなんとなく残っているがまったくの別物だ。

千秋は青ざめた顔で既視感《デジャビュ》を覚えた。曲を忘れたらしい。のだめがよくやっていた、イメージで勝手に即興演奏だ。

（賑やかな、おもちゃの国）

互い違いに組んだ複雑な旋律は、まるで最初からこんな曲があったかのように、ペトルーシュカを知る者すら、その新たな国に招き入れた。

（でも……）

「あ、第二楽章からペトルーシュカに戻った」

誰かが呟く。

人形使いに蹴飛《けと》ばされ、牢獄《ろうごく》のような小屋に放り込まれてしまう道化師《ペトルーシュカ》。人形使いに対する怒りと恐怖。手に届かないものを想う幸福感。

情感あふれる音が曲に奥行きを感じさせる。いつの間に、のだめはこれほどの表現力を身に付けたのだろう。彼女自身が何かに恋いこがれているみたいだ。

そして謝肉祭。

最高に華やいだ祭りの陰に、奈落の闇がある。

夢と現実の区別がつかなくなった道化師の哀れな最期。

ピアノの音が失《な》くなって、終わりの瞬間が世界に永久に閉じ込められた。

声が出ない。

曲に引き込まれ、曲が終わっても帰って来られない観客に向かって、のだめが頭を下げる。椅子を引く音で我に返った観客たちが、追いかけるように拍手を送ったが、のだめは舞台袖に駆け込んでいなくなってしまった。

(いくら、いい演奏をしても、曲を変えて弾く事はコンクールでは論外だ)

「結局、間に合わなかったって事か」

(それでも……)

審査員の討議の後、結果の発表と表彰が行われる。

ハリセン門下の八番、坪井が四位を受賞した。いいピアノだった。そして、

「一位なしの二位に二十一番、瀬川悠人!」

祝福の拍手には、結果に納得するような微苦笑が紛れていた。

Ⅶ

陽が傾いていた。

のだめはドレスと頭に付けたリボンを袋に押し込み、肩に担いで会場を出た。こんな所、もう一秒たりともいる必要はない。——いたくない。

「のだめ」

後ろから呼び止められて、のだめは荒《すさ》んだ目で声の主を見すえた。

紫色の空を背負って、千秋が立っている。のだめは眉間にしわを寄せた。

千秋はゆっくりと一度だけ瞬《まばた》きをした。

「来年、俺と一緒にヨーロッパへ行かないか?」

何故《なぜ》、今、何故、彼が。

「ピアノを続けるならうちの学校の院に行くより、お前には向こうの方が合ってると思う。……変人にも寛容だし。海外でもっと色々なものを見て、感じて、経験して」

「なんでそこまでして勉強しなきゃいけないんですか?」

のだめは風で乱れた髪の隙間から、地を這《は》うような声で聞き返した。

「なんでってお前、ピアノを本気でやる気になったんだろう? だから……」

「コンクールに出たのは賞金が欲しかったからデスよ。遊ぶ金ほしさデスよ!」

「え？」

「なんでみんな、勝手な事ばっかり。いっつもいっつも、昔から」

のだめがピアノを弾くと、いつも周りの大人たちは賛辞と同時に彼女を叱った。

初めてショパンのエチュードを弾いた時も、

『すごいね、恵ちゃん』

『君は上を目指すんだ。世界へ羽ばたける』

『なのに、なぜ言う通りに弾かない!?』

そんな事、知らない。

「そーゆーの、もうたくさんなんですよ！　自由に楽しくピアノを弾いて、なにが悪いんですか!?」

「お前……コンクールで、あの舞台でピアノを弾いて、本当に楽しくなかったか？」

「楽しくなかったです」

のだめは、困った顔をする千秋から目を逸《そ》らして横を向いた。

「──わかった、もういい」

千秋が諦めたように溜息を吐いた。

「今日、あれだけちゃんと楽譜通りに弾くお前を初めて見た」

歩き出して、のだめを追い越す革靴の四拍子。

「すごく、いい演奏だった」

嬉しいハズの一言がやけに遠い。千秋の足音が離れて行く。聞こえなくなる。
のだめの爪先にポタポタと雫《しずく》が落ちた。
「それでも……だめだったじゃないですか……」
眉間のしわがゆるんで、力を失った目許《めもと》から涙が零《こぼ》れる。
のだめは、千秋に連れて行って欲しかったわけではない。自分で、隣に、一緒に。
夢と現実を失くした哀れな道化師。
マラドーナ・ピアノ・コンクールが終わった。

◉第8章◉

Ⅰ

街はクリスマスを待ち構えてカウントダウン状態だ。赤白緑で彩られた通りは、昼のうちから七色の光を散らしている。

裏軒にもささやかではあるが例に漏れず、壁をモールで飾り、カウンターに小さなクリスマスツリーが置かれた。お祭りを楽しみにする子供たちみたいに、楽しいようなこそばゆいような、やはり待ち遠しい気持ちを伝染させる。

「店長。コーヒーとクラブハウス・サンド」

「はいよっ」

千秋は峰父にいつもの注文をして、脱いだコートを隣の椅子に置いた。

「なんか……山ごもりでもしてたみたいだね、千秋くん」

向かいの席で佐久間が言葉を選んだ。驚かれるのも多少、仕方ない。千秋の髪は伸び放題で暫《しばら》く切りに行っていなかったし、無精髭にも気が回らないでいた。

「まあ、勉強とか。ずっとリハが続いてるんで、そんなようなもんです。それで、松《まっ》田《だ》さんの件はどうなりました？」

「うん。R☆Sオケの事はすごく気に入っているよ。ただ、今の主要なメンバーがいなくなる事をずいぶん気にしてて……」

佐久間が表情を曇らせて、コーヒーカップにかける指には躊躇《ためら》いがある。

学生オケの宿命だ。多くの有望なメンバーは海外へ出て行く。一時帰国していて、また師事する演奏家の下に戻る者もいる。反対に、才能があってもそれぞれの事情で音楽を続けられない事もある。

佐久間は、メンバー脱退によるレベルダウンを危惧《きぐ》しているのだろう。

千秋は簡単に首を振った。

「それは心配ないです。次の公演を観に来てくれればわかります」

「すごい自信だねえ、相変わらず。でも、そっか。楽しみだなあ。また色々な人を連れて行くよ」

「佐久間さん……ありがとうございます。欧州の情報とかも……」

彼にはオケのサポートのみならず、留学に関するアドバイスなどでも世話になっていた。千秋は感謝しながら、内心でずっと不思議に思っている。

「あの、どうしてこんなによくしてくれるんですか？」

文化祭でラフマニノフを観た時から、彼はいつも熱心に千秋の事を考えてくれた。

佐久間はカップを持ち、しかし口を付けずに、そっとソーサーに下ろした。

「ブラームスにヨッセルやヨーゼフがいたように、歴史に名を残す音楽家には、才能だけじゃなく人との大事な出会いがあるものさ」

「…………」

「僕も、そういう人間の一人になりたいんだよ」

佐久間は照れ笑いをして、ごまかすようにコーヒーを飲んだ。

人との大事な出会い。

（ヴィエラ先生、マエストロ・シュトレーゼマン。SオケとR☆Sオケ、谷岡先生、ついでにハリセン。それと――）

千秋の頭に、無意識に尖らせた口が思い浮かんで消える。

『自由に楽しくピアノを弾いて、なにが悪いんですか!?』

（いいも悪いも……、それじゃあ俺が聞けなくなるじゃねーか！）

のだめが行方《ゆくえ》をくらませて一週間。

千秋のポケットの中で、彼女の残した懐中時計が無為《むい》に時を刻んでいた。

II

朝食の席に、親子三代欠席なし。

「恵は東京で遊んでばっかおったとじゃなかろうな?」

「留年しとらんやけん、よっぽど頑張りよったとよ」

「そらそうたい。えらかえらか！」

両親、辰男《たつお》と洋子《ようこ》がカラカラと笑う。弟の佳孝《よしたか》は彼らよりシビアだ。

「そげん言うても、姉ちゃん、教育実習行かんやったとやろ？　就職活動もしよらんごったし、姉ちゃんは今年からうちの不良債権に決定ばい」

「ふ、不良債権!?」

「ごちそうさまでした」

のだめは皿を空《から》にして箸を置き、会話を聞き流して席を立った。

「恵は、どげんしたとか？」

「おかしかは元からやろうもん」

「そいばってん、やっぱ変やろ……恵が、帰って来てから一回もピアノ弾いとらん」

家族の心配もカーテンの隙間から差し込む日光も、遠くにぼんやりして感じる。水の中にいるみたいに、音と光が膨張して、曖昧《あいまい》な感覚だけがある。

もう一週間になるだろうか。

のだめはコートとマフラーを羽織り、久しぶりに外に出た。

空気が冷たい。吐く息は白く、鼻の奥がツンとする。直射日光は確かに眩《まぶ》しく、眼球を突き刺した。

見上げると、空が青い。冬の梢《こずえ》が霜《しも》を纏《まと》って太陽を反射する。

冬の空気は冷たく凜《りん》として、無音の真空状態だ。周りに飽和していた音がなくなったら、身体の内側から引き寄せられるように、歌が、零れた。

何だかひどく懐かしい。

懐かしいのに、ずっと傍《そば》にいたような感覚がする。

アテもなくふらふらして帰ると、家族は仕事や学校へ出かけて静かな家の中には外に似た静穏があった。

少しだけクリアになった意識の端っこで、ピアノの存在を思い出す。

のだめは縁側に置かれたピアノの蓋《ふた》を開けて、人差し指でミの鍵盤を沈めた。

「調律……してある」

のだめが東京に出て、誰も弾かなくなったアップライトピアノ。のだめは椅子に座り、外にいた反動でじわりと温かい指先を鍵盤に下ろした。

音を辿る。曲の向こうにある心をたぐり寄せる。美しい情景が微笑みかける。

気持ちいい。キラキラする。

一曲を弾き終えて手首を持ち上げると、居間の方から拍手が聞こえた。

「上手《うま》か上手か〜。学校で教わって来た曲ね？　よか曲やんね」

祖母の静代《しずよ》が嬉しそうに笑っている。

キラキラ。会場にいた皆もそうやって拍手をしてくれた。キラキラ、キラキラ。

「シューベルト、ばい」

のだめの胸と目頭《めがしら》に微熱が甦った。

「へぇー」

「この曲、ピアノのコンクルで弾いたとよ」

「コンクル！　コンクルっちゃピアノの大会ね？」

「うん。けど、恵が失敗したばってんね」

ピアノの感触と共に、チクリとした痛みも思い出す。

「……そんで、その大会は楽しかったとね？」

「うん！」

それも、ちゃんと思い出した。

「あんねー、お客さんのね、えらい拍手ばしてくれらしてからね。ビックリしたー。寝ぐせ直せち言われた。恵、キレイかドレスかーば着たとばい」

静代はうんうんと何度も頷《うなず》きながら聞いてくれる。話は尽きない。

逃げて、目を逸らして、ぼんやり曖昧に遠ざけていたのはのだめ自身だ。つらい記憶と一緒に嬉しいも楽しいも忘れてしまうところだった。

しばらく放置していた携帯電話の電源を入れると、未読メールが二十三件表示された。タイトルにはどれも『江藤や』『出てくれ！』『大事な用や！』江藤ばかり。

その中に一件だけ魅力的なタイトルが紛れている。

「プリごろ太ニュース!?　ぎゃぼ」

開いたら、江藤だった。騙された。

「あ……」

のだめはその本文を読んで、顔が火照《ほて》り、放心状態になった。

III

九州まで来てしまった。千秋は早くも後悔にさいなまれて溜息を吐いた。

携帯電話は電源が切られて通じない。のだめの部屋を家捜《やさが》しして出て来たのは、宅配便の伝票に書かれた実家の住所のみ。電話番号ぐらい書いておけ。

「福岡県大川市……大川って何処だ?」

駅名にはない。もういい、面倒くさい。

千秋は博多の駅前でタクシーに乗り込んで、住所のメモを運転手に渡した。

(でも……どうやって説得すればいいんだろう。あいつがプロに興味がない事は分かってた。強制される事に過剰反応する事も。それでも俺にだけは、一緒に行こうと言いさえすれば、絶対付いて来ると思ったのに)

のだめの答えは『なんで?』。

(俺が、どんなに勇気を出して言ったと思ってんだ!)

千秋は思い出し激怒で、コーヒーの缶を握り潰した。

『才能だけじゃなく人との大事な出会いがあるものさ』

「………」

『僕も、そういう人間の一人になりたいんだよ』

（なんで俺がそんな人間にならなきゃいけないんだ……）

見知らぬ風景が車窓をガンガン流れて行く。この景色の何処かにのだめがいる。

（くそ！　俺さまを二度も振ったら、もう絶対許さねえ！）

千秋は外を睨んで、ふと、見てはならないものを見てしまった。

ようこそ佐賀へ。佐賀のりの里。

「あの……行き先間違えてませんか？　僕が行きたいのは福岡県の大川市で……」

「あー、いいのいいの。大川ってほとんど佐賀だから」

見渡せば、いつの間にか建物はなくなり、山と畑と点在する民家しか見えない。

（あいつ、都会って言ってたクセに。いつもいつも嘘ばっか吐《つ》きやがって）

のだめはいつも練習しただの、風呂に入っただの、掃除しただの、申し訳程度に目を逸らして嘘を重ねる。

『遊ぶ金ほしさデスよ！』

あの時も、のだめは目を逸らしていたんだ。

〈ピリリリリ〉

「え？」

着信音が鳴る。発信元表示には『野田恵』、携帯電話からだ。

「のだめか!?」

『のだめデス』

肩透《かたす》かしを食らう能天気な声。

「……っ、お前今どこにいる！」

「え？　実家ですケド……よかった～。先輩まだ日本にいたんですネ」

日本どころか九州だ。

山と畑と民家と、今は何もない河原を右手に眺めてタクシーを走らせている。河川《かせん》敷《じき》に人影はない。否、見覚えのあるコートとマフラーと擦《す》れ違った。

『それでね、先輩』

あれは——。

『のだめも留学する事にしました！』

「え……」

彼女の声は晴《は》れ晴《ば》れとしている。知らぬ間に事態は反転裏返しだ。千秋は新幹線に乗っている間中、どうやって彼女を説得しようかと悩みに悩み抜いていたというのに。

(俺は何しに来たんだ……)

脱力。

「止めてくれ」

千秋はタクシーを下りて、河原を歩いて戻りながら電話を耳に当てた。

『止め？　先輩、もしかして反対なんでスか？』

「留学って本気で言ってんのか？」

『はい。江藤先生が、国際コンクル用に作っておいたのだめの書類を願書にして、むこうの学校に送ってくれたんだそうデス。メールで教えてもらいました』

「ハリセンが？　どこの学校だ？」

『えと、フランスです』

フランスの音楽院、パリ・コンセルヴァトワールだ。フランス革命直後に設立された音楽教育の最高峰である。

『あ、でもまだ試験を受けなきゃいけないし、先輩とは違う国かもしれないけど、のだめもピアノ頑張ります！』

声が近くなる。前を歩く彼女に手が届きそうになる。

「いつか……ミルヒーと先輩みたいに同じ舞台に立てるかもしれないから」

のだめが前を向いた。その先に自分がいる。この気持ちを何と言えばいいだろう。

千秋はのだめに追い付いて、後ろから彼女の身体を抱き締めた。

「そーゆー事は試験に受かってから言え」

「ち、千秋先輩!?」

のだめは面喰らって、耳まで真っ赤になっている。

「あ……お久しぶりデス」

「うん」

川の流れが耳に心地よい。

「来年もよろしくお願いしまス」

「うん」

船の音が三拍子を刻んでワルツに聞こえる。

「なんばしょっとかー！　そげんかとこで！」

「え」

「あ、お父さん」

千秋、過去最大の過失。千秋は我に返って、脳天から足首まで一気に青ざめた。

Ⅳ

気まずい。

のだめが河川敷に下りて行き、千秋はのだめ父とタイマンを余儀《よぎ》なくされた。

「あ、あれは、たとえばサッカー選手がゴールを決めた味方選手に抱きつくような類《たぐい》のもので特に深い意味は！」

「ほう？」

「…………」

「……千秋くん」

「『娘を頼む』っていうのはやめて下さい」

「いや、そうじゃなくて」

辰男は黙って河川敷ののだめを見守るように眺め、ようやく口を開いた。

「あの子は、本当に大丈夫やろうか？　留学とか」

　尋ねる真剣な声に、不安と心配がまざり合う。

「恵がピアノを始めたのは五歳の時でね。まだ俺が東京で会社勤めしてた頃、近所に音大生のお嬢さんがおって、いつもピアノの音がしててなあ。恵はそのピアノがえらい好きで、しょっちゅう遊びに行きよった。そして、ちょっとしたらそのお嬢さんが血相変えて、この子、ちゃんとした先生に習わせた方がいいです！　言うんよ。だから近所にある有名なピアノの先生の教室に入れてみた。したらまたすぐ、この子をなるべく早く外国へ連れて行きましょう、って」

　のだめの耳はきっとその頃からよかったのだろう。千秋の頭に、初めてのだめのピアノ〈悲愴〉を聞いた時の衝撃と、オケの音を覚えてしまった交響曲七番を聞かされた時の驚きが過《よぎ》った。

「ばってん、そん時《とき》くらいから恵の様子がおかしゅうなって……」

　辰男の口調が弱々しくなる。彼は身を屈《かが》めて、川の流れに視線を預けた。

「花桜先生はやたら厳しいレッスンするもんやけん、恵がピアノ教室行くのをいやがるようになって、ある日、事件は起きた」

　辰男の話を聞いて、千秋は言葉を失った。

言う通りに弾かない事を叱られ、手を叩かれて、のだめは先生の腕にかみ付き返したという。先生は咄嗟《とっさ》にのだめを振り払い、放り出された幼い彼女は壁際まで転がって頭を打ち付け、流血沙汰《ざた》になった。

「先生は死ぬほど謝ってくれたんだが、恵はその日からだいぶんピアノば弾かんごとなってしまった。恵は……そういう世界に向いとらんとじゃなかろうか？」

強制される事に反発し、自由に楽しくと望むのだめには、そうさせるつらい記憶があった。子供の頃に受けた傷——千秋と同じように。

「大丈夫ですよ、もう」

千秋は水辺を歩くのだめを見やった。彼女は右へ左へ、それでも前へ進んで行く。

「厳しくされてもされなくてもダメになる奴はダメになるし、プロのピアニストにもなろうと思ってなれるものじゃない。そういう世界ですから」

成功するかどうかは分からない。千秋も、のだめも。

「でも僕はあいつのピアノが、すごく好きなんですよ」

素直にそう思う。

だから、きっと大丈夫。

「千秋先輩！」

のだめが子犬のように河原を駆け上がって来て、千秋の腕にしがみつく。

千秋は反対の手でポケットからチケットを一枚取り出した。

「やる」

「ほわあ。R☆Sオケ、クリスマス公演!?」

「絶対見ろよ」

のだめが白い息を弾ませながら、チケットを大事そうに両手で挟んだ。

V

十二月二十五日。

進化変幻と銘《めい》打たれたクリスマス公演には、満員の観客が詰めかけた。佐久間とけえ子のお陰で、R☆Sオケは音楽関係者の間でも話題になっているようだ。

千秋は舞台袖で準備を整え、ゆっくり深呼吸をした。

「千秋くん」

重なる声に呼ばれて振り返ると、双子の鈴木姉妹が姿勢を正して立っていた。

「あの、ありがとう。わたしたちの事、オケに呼んでくれて」

「忘れないでいてくれたんですね」

「いや、だってCD送ってくれたし……驚くほどうまくなったな、二人とも」

二人は本当に上達して千秋を見返してくれた。

「千秋くん。薫、幸せ!」

「萌も!」

余程《よほど》嬉しかったのか、鈴木姉妹が両側から千秋の腕にしがみつく。そこを見逃さず真澄が背中から千秋に飛びついた。

「わたしも幸せよォ！」

「ひぃ！」

「僕の方が幸せだーっ」

「アハハ、俺も入れろよー」

「あ、危ないよ」

新しいコンマス高橋《たかはし》と、峰が悪ノリして体当たりして来る。千秋が危うく押し倒されるところを、真澄と桜が止める側に回って取り押さえてくれた。

無駄な緊張もなく、元気が有り余っているのは何よりだ、と思っておく。

「そんで千秋。お前、新しい指揮者、ちゃんと見つけたんだろうなー？」

「峰……」

「皆が納得するような人じゃないと、海外なんか行かせねえからな」

峰は拗《す》ねたように言って背を向ける。真澄と桜はどちらにも付けない困った顔だ。

『なんだよ、千秋が指揮するオーケストラで演奏してみてーと思ったのによ』

思えば、千秋の指揮を最初に望んでくれたのは峰だった。

千秋はタイを締め直して微苦笑した。

「松田幸久《ゆきひさ》——去年までパリのR管にいて、今年から日本のMフィルの指揮をやる」

「うそ！　あの若手人気ナンバー1の松田幸久!?」

「お前らと気の合いそうな変な人だろう？」

可か不可かはメンバーの反応を見れば改めて聞くまでもない。

Aオケの才女、三木清良は師のいるウィーンへ帰るという。中心になってオケを支えてくれた黒木と菊地も、それぞれ留学するそうだ。けれど、皆がいつか必ず帰って来たいと言った。

佐久間が危惧《きぐ》していた新メンバーは、公演を見た客の中から、自らオーディションを希望して集まった。コンマスになった高橋もその一人だ。彼はブッフォン国際コンクールで三位入賞という経歴に相応《ふさわ》しい高い技術を持つ。

高橋だけではない。

毎年、音大生は山のように卒業していくがプロオケの数は限られている。どんなに実力があってもそれに入れるとは限らない。力を持て余している奏者が沢山《たくさん》いる。

彼らの力で音はより厚く力強く、新たな色を見せるだろう。

まさに、進化変幻。

R☆Sオケは、千秋の予想を上まわるオケになった。

開演時間が近づいて来る。会場に着席を促すアナウンスが流れる。

千秋はタクトと、使い込んだ楽譜を手に取った。

「ベートーヴェン交響曲第七番。Sオケで……千秋が初めて指揮した曲だよな」

峰が懐かしむように言って、千秋の肩に手を置く。

「お前が巨匠にダメ出しされた曲だ。アハハ、千秋失格デースってかー」

「…………」

思わず眉根が寄る。苦い経験だ。

「千秋」

「！」

峰が、不意に真面目な顔で笑みを浮かべた。

「俺は絶対このオケ続けるから。ずっと、続けるから」

「……ああ」

聖夜の幕が上がる。千秋が初めてオケを振った曲。学生生活、最後の曲。

ここから、また始まる。

「行こう」

舞台を眩《まぶ》しい光が包み込んだ。

Ⅵ

オケの音と会場の熱気が身体の中に残っている。耳の奥で拍手がこだまする。

日本でやれる事は全《すべ》てやった。思い残す事はない。

千秋はイルミネーションに照らされた並木道のベンチに座って、暗い夜空を見上げた。仰向《あおむ》けの喉《のど》に雪の欠片《かけら》が落ちた。

「先輩はどこの国に行くんですか？」

「……オーストリア。ウィーンに昔住んでた家があるんだ」

のだめはふうん、と頷いて、両手でチラチラ降る雪を受け止めた。

「ウィーンってパリから近いですか？」

「え？」

「学校終わってご飯食べに行ける距離ですか？」

「んなわけないだろう！　日本でいったら東京から佐賀くらいあるんだぞ」

「じゃあ、東京と佐賀の間をとって、大阪あたりに住むっていうのはどうデスか？」

のだめが名案とでも言わんばかりに手の平を叩き合わせる。

「な、なに考えてんだ？」

「やっぱり一緒に暮らす道を摸索しましょうよー。私たち、これからがいいところなんですから」

「よくない、よくない！」

何を考えているのだ。

千秋は思いきり首を振ったが、のだめはまるでめげる気配がない。

「どうせすぐ会いたくなっちゃいマスよ？」

「会いたくなんか――っ」

千秋は言いかけて、ハッとして言葉を止めた。

会いたく、なるかもしれない。のだめの奔放な明るさに、彼女の澄んだ音に。

きょとんとするのだめの、寝グセがついた頭に、千秋は軽く手をのせた。

「先輩?」

「……俺たちは、ずっと音楽でつながってる」

幼い日にヴィエラ先生からもらった言葉。支えられ、励まされ、様々な出会いを経て今の千秋があるように、のだめも世界に触れて更に進化するだろう。

そして、いつかきっとまた会える。

気ままに気紛《きまぐ》れに、歌うように、彼女の奏でるカプリチオーソ・カンタービレ。

◉エピローグ◉

歳月を重ねる美しい建築物、世界遺産の街並み、日曜日は教会でバッハ。

音楽が人々の日常生活に溶け込み、乾燥した空気で楽器の音も安定して透明だ。

千秋は上着を羽織って部屋から外に出た。

「ボンジュール、千秋」

階段で立ち話をしていたアパートの住人たちが話しかけて来る。

「おはよう、フランク、ターニャ」

「いい天気ね。これからまた師匠とバカンス？」

「違うよ、ターニャ。日本人はそういうのムシャシュギョーって言うんだよ」

あの師匠に関しては二人ともある意味とても正しい。

「いや、今日はちょっと約束が——」

と、千秋が隣の部屋の前に立った瞬間、

「ゴフッ」

内側から開けられたドアが千秋の額に命中、千秋は仰向けに倒された。

「千秋先輩！」

「開けるかフツー、その勢いで」

前にもこんな事があった気がする。

連続犯のだめは千秋が立って砂を払うのをじっと見た。

「……なんだよ？」

「先輩、ウィーンに行くって言ってたのに、パリにいるなんてまだ不思議で」

「仕方ないだろ。母さんが勝手に決めちまったんだから！」

千秋は憮然《ぶぜん》とした表情で階段を下りた。まだまだ駆け出しの身、後援者《スポンサー》には逆らえない。

のだめが二段飛ばしで追い付いて来る。

「また、お隣さんのよしみで嬉しいデス」

「意味わかんねーよ」

けれど、のだめがあんまりニコニコ笑うので、千秋もつられて笑ってしまった。

高《たか》里《さと》椎《しい》奈《な》

小説家。99年、『銀の檻《おり》を溶かして——薬屋探偵妖綺談』で、第11回メフィスト賞を受賞しデビュー。主な著書に、「薬屋探偵妖綺談」シリーズ1～13巻、「フェンネル大陸 偽王伝」シリーズ1～6巻（いずれも講談社ノベルス）など。

二《に》ノ《の》宮《みや》知《とも》子《こ》

漫画家。01年から「Kiss」に連載中の『のだめカンタービレ』（講談社）が大好評を博し、04年、第28回講談社漫画賞を受賞。他の作品に、『トレンドの女王ミホ』『GREEN』（講談社）、『天才ファミリー・カンパニー』（幻冬舎）など。

衛《え》藤《とう》凛《りん》

脚本家。「スローダンス」「東京フレンズ」（フジテレビ・月9）と、数々の人気ドラマの脚本を手がけている。そして、今回の「のだめカンタービレ」

小説 のだめカンタービレ

2006年12月25日　第1刷発行

著者……高里椎奈（たかさと・しいな）
原作……二ノ宮知子（にのみや・ともこ）
脚本……衛藤　凛（えとう・りん）
発行者……野間佐和子
発行所……株式会社　講談社
東京都文京区音羽2-12-21　〒112-8001
電話　出版部　03-5395-3522
販売部　03-5395-3622
業務部　03-5395-3615
印刷所……慶昌堂印刷株式会社
製本所……株式会社上島製本所

定価はカバーに表示してあります。落丁本・乱丁本は購入書店名を明記のうえ、小社業務部宛にお送りください。送料小社負担にてお取り替えいたします。なお、この本についてのお問い合わせは、学芸図書出版部宛にお願いいたします。
本書の無断複写（コピー）は著作権法上での例外を除き、禁じられています。
©SHIINA TAKASATO 2006, Printed in Japan
ISBN4-06-213768-2　N.D.C.913　286p　18cm

小説
のだめカンタービレ
Nodame Cantabile
novel from the TV drama